ISKALL

Emelie Mary Olsson

ISKALL

© *2014 Emelie Mary Olsson*

Förlag och tryck: BoD

ISBN: 978-91-7463-464-8

DEL ETT

LIV

Lethea lever med sin mor, och de har
båda förbannelser över sig.

Konungen har gett dem straff på grund
av deras förbannelser, och Lethea är
rädd att han ska döda hennes mor.

Men när konungen, drottningen och de-
ras son kommer till deras stad, så vänds
allt upp och ner.

Lethea tackar ja till ett udda erbjudan-
de, och innan hon vet ordet av, så är hon
och konungasonen fast under marken,
och måste hålla varandra vid liv.

Sakta börjar en kärlek uppstå mellan
de två, och det blir lättare att hålla sig
vid liv.

Kapitel 1

Jag ser på den utslitna ytan på mitt nattduksbord och känner att något måste göras åt saken. Jag tänker direkt på min mors vanliga blandning. Citron och socker, det skulle ge träytor "nytt liv". Ärligt talat trodde jag inte på att det skulle funka, men det skulle ju inte skada att testa.

Kylskåpet gapar i stort sett tomt, även om det är svårt att se i det dunkla ljuset från lampan ovanför den översta hyllan.

Jag suckar, tar fram en citron och stänger kylskåpet igen.

Min mor, Lucy, har inte vaknat ännu, men hon sov alltid till minst elva på söndagarna. Efter det gjorde hon sig i ordning och klockan tolv samlades vi i Bherkas kyrka.

Bherka var den stad som var vårt hem, eller stad och stad, det var den minsta staden i hela Fhystel, endast ett knappt hundratal bodde här, men det var inte så märkligt eftersom Bherka ryktades vara "häxstaden". Jag och min mor teg varje gång de ryktena nämndes. Vi var själv de så kallade "häxor", men egentligen var vi bara själlösa människor, vars själar tagits till fånga och ersatts med en förbannelse, en förbannelse, eller det var mer som ett straff.

Som min mor, hon kunde inte besöka skogen, för då drabbades hon av en onaturlig, förlamande smärta i hela kroppen.

Och jag, jag var tvungen att vara hemma, innanför husets väggar innan det sista ljuset försvann från himlen, annars händer något, men jag har aldrig upplevt det, jag vet inte vad som sker då. Det kan anses som en enkel, vänligt förbannelse, men det är det inte. Jag avskyr att ständigt behöver avvisa mina vänner när de vill bjuda på middag. Det kändes jobbigt.

Ingen i Bherka kände till det, endast konungen och drottningen, och de ansåg att vi måste straffas, därför var vi dömda att förevigt stanna i Bherka, vi fick aldrig någonsin lämna staden, för då skulle vi dödas.

Jag skrattar tyst för mig själv. Vi hade aldrig skadat någon, varför skulle de döma oss så hänsynslöst?

Jag blandar citronsörjan i en skål och den sura doften får mig att rynka på näsan, det var en stark citron.

Fhystel var ett land som var precis mittemellan den moderna världen och medeltiden.

Vi i Bherka hade det bra, till skillnad från de större städerna, som hänsynslöst svalt i perioder.

Allt var konungens fel, egentligen var drottningen ganska vänlig. Hon hyste inget agg mot främlingar, som sin make. Jag har träffat henne en gång, det var när anklagelserna precis hade börjat. Hon log så lugnt emot oss. Som om hon ville hjälpa mig på något sätt. I konungens ögon var de stora städerna liksom konkurrenter på något sätt, och därför lät han bli att hjälpa dem när de behövde mat, eller pengar. Jag ansåg att han lät dem dö.

Jag hör min mor bakom mig, hennes slipande ljud från tofflorna mot trägolvet.

- Lethea, är du redan uppe?

Jag suckar, och vänder mig mot henne.

- Jag går alltid upp klockan åtta.

Hon ler och tittar på köksklockan, den utslitna, grönbruna klockan som lika gammal som min mor. Hennes mor fick den när hon väntade min mor.

- Har du hört från honom?

Jag skakar på huvudet.

- Jag hoppas att inget har hänt, han brukar ju ringa varje söndag, säger mor.

- Ja, men det är alltid precis innan vi går till kyrkan.

Min bror. Calter Claine. Han hade lämnat när jag var femton. Det skilde två år mellan oss.

Jag minns hur min mor hade vädjat till konungen, för att få mig fri från straff, jag var ju inte ens myndig. Jag var bara några månader, och här i Fhystel så var man myndig först när man var sjutton.

Men konungen hade inte tagit hänsyn till min låga ålder, hans kalla röst minns jag fortfarande. Den var så ondskefull, så skoningslös.

Calter bodde i Jerha nu, det var en av de stora städerna, det var en av "konkurrenterna".

Jag spänner käkarna och går mot mitt rum.
- Kylskåpet är nästan tomt.
Jag sätter mig ner på sängen och drar en djup suck.
Jag fingrar på mitt halsband, det halsband som jag fick av Calter när jag föddes.
Den turkosa berlocken gnistrar i skolskenet som strilar in genom persiennerna.
Jag kunde inte låta bli att undra om berlocken hade något med min förbannelse att göra.
Jag visste ingenting om förbannelsen, bara att jag var tvungen att vara hemma innan det sista ljuset försvann från himlen. Jag visste inte vad som skulle hända annars, jag visste ingenting om den enda sak som hindrade att jag kunde hälsa på min bror.
Ingen i hela Bherka visste om min och min mors förbannelser. Det var därför som konungaparet fortfarande lät oss gå i kyrkan, och de lät mig gå i skolan. De ville skydda oss från utfrysning, hade de sagt, men egentligen så ville de nog bara skydda staden från skräck och skada. Jag förstod det när jag blev lite äldre.
Nu var jag sjutton, nästan arton, och jag visste nästan ingenting om min förbannelse.
Jag suckar och lägger mina böcker på nattduksbordet. Sedan reser jag mig upp och går mot badrummet.

Kapitel 2

Gräset knarrade under våra fötter. Det såg ut att bli en tidig vinter i år. Träden var redan dystra och grenarna var stela av frost.

Den kolsvarta capen jag bar drogs i marken när jag och min mor gick mot den gamla kyrkan.

Bherkas kyrka var otroligt gammal, den byggdes samma år som inbördeskriget slutade, samma år som en konung och en drottning valdes ut av folket genom röstning.

Det blev Calrick Demenwood, och Rosalia Kingsteem som segrade. De hade båda växt upp i den största staden, Haquin, den staden som sedan kallades huvudstaden eftersom att de båda växt upp och nu bodde där.

De gifte sig och fick en son, en son som valde sin drottning på sin artonårsdag.

Och så höll det på, konungabarn efter konungabarn gifte sig, vissa fick döttrar och vissa fick söner, och nu, över hundra år senare, stod kyrkan fortfarande här. Stark och vacker. Den påminde mig om Calter, och om min far, Robert.

Min far hade för tretton år sedan rest till huvudstaden för att bli konungens assistent. Om det

11

inte hade varit för att min far hade just det jobbet, så hade nog konungen dödat oss för att vi hade våra förbannelser.

Jag ryser när jag tänker på det som sändes på nyheterna imorse. Vi hade knappt kunnat se på nyheterna eftersom ljudet i vår lilla teve brusade så väldigt. Vi skulle spara och försöka köpa en ny.

Konungaparet och deras son skulle besöka Bherka fram till deras sons födelsedag, som var om tre veckor. De besökte alltid olika städer varje gång någon i familjen fyllde år. Och på sonens artonde födelsedag blev det hit de åkte. Jag kunde inte låta bli att undra vem han skulle välja till sin fru. Men framför allt så var jag väldigt orolig, de kanske bestämde sig för att döda oss ändå.

Jag hukar mig på sluttningen. Den lilla hjorten följer efter mig, och jag ville inte skrämma den.

Min mor och jag jagade inte, vi hade pengar att köpa mat i de små affärerna vi hade här i Bherka.

Hjorten drar sig undan, men jag ler mot den, lockar på den. Den lägger huvudet på sned, innan den rusar mot mig, välter mig.

Jag kippar efter luft, och hjorten flyttar på sig, som om den ville hjälpa mig.

Snart var jag arton, om två månader för att vara exakt. Konungasonen fyller år om endast tre veckor. Jag och min mor skulle antagligen dödas så fort konungafamiljen kommer hit. De skulle anlända i övermorgon. På kvällen.

Hjorten följer mig när jag går hemåt. Den tittar lycksaligt på mig, med en blick som får mig att smälta. Om vi nu ändå skulle dö snart, varför inte ha sällskap?

- Ska du följa med mig hem? Och bo hos mig?

Hjorten ser ut att förstå vad jag nyss sa, för den slickar min hand.

Jag bestämmer mig för att börja kalla den för Bonnie.

Solen är på väg ner så jag skyndar på stegen, jag vet inte vad som händer, och vill inte veta heller. I alla fall inte idag, inte just nu.

Plötsligt hör jag en kärra bakom mig och jag vänder mig om.

Jag drar efter andan. Konungafamiljen!

De kör i snabb fart och jag måste hoppa undan för att inte på påkörd.

- Akta dig! Häxa! vrålar konungen, eller Ethan, som han föredrar att kallas av Fhystels folk.

Jag snavar på en sten, men lyckas behålla balansen.

Jag kan se hur Ethans son säger något, och sedan hoppar av kärran. Han går fram till mig med en fokuserad blick.

- Min far är emot dig, det märks. Jag sa att jag hade tappat mitt konungasmycke, då fick jag gå av för att hitta det.

Han flinar brett. Han hade alltså ljugit, för att träffa mig? Mörkret tar nästan över himmelen nu.

Jag ler mot honom och han knycker på nacken.

- Vad heter du?

Jag sänker blicken. Sedan svarar jag:

- Lethea.

13

Han rycker till, som om mitt namn betydde något för honom.

– Vackert. Eh, jag måste tillbaka, säger han.

– Vänta!

Han vänder sig mot mig med ett förbryllat uttryck i ansiktet. Han ser nästan vacker ut. Nästan. Han var konungens son. Han skulle aldrig bli vacker i mina ögon.

– Varför stannade du kärran?

– Jag ville bara veta vem du var. Vi ses.

Han börjar springa tillbaka och hans naturvänliga sätt att röra sig på gör mig alldeles mållös, alldeles rörd.

Endast en liten strimma ljus finns kvar på himmeln, jag rusar in i huset, och hinner precis in innan mörkret tar över.

Kapitel 3

Morgonljuset strilade in genom de vinklade, slitna persiennerna som funnits i rummet i över tjugo år.

Vi skulle egentligen behöva byta ut dem, men vi båda hade ständigt glömt det.

Nu låg jag här i sängen, och blev irriterad över de gamla och slitna persiennerna.

Jag rullar över på rygg och tittar upp i det beige målade taket. Varför hade han inte sagt sitt namn? Hatade han mig, innerst inne, lika mycket som hans far gjorde?

Hade han ett lika starkt och plågande hat mot mig och min mor?

Och i så fall, varför ville han då veta mitt namn? Han antog säkert att jag bara var en vanlig Bherka flicka, men när han hörde mitt namn så insåg han att det var lika bra att fly, innan häxan gjorde något hemskt mot honom.

Men jag var ingen häxa, när skulle den där korkade, kallhjärtade konungafamiljen inse det? Skulle jag vara tvungen att slåss för sanningen?

Ibland övervägde jag att utlysa ett krig mot konungafamiljen, med min by som armé. Vi skulle aldrig klara det. Ethan räknade med att så länge han styrde landet så räknade han inte med att jag skulle planera det. Om han inte var förberedd, så skulle jag lättare kunna vinna. Men jag skulle inte kriga. Jag skulle inte vinna.

Jag och min mor skulle fortsätta leva våra vanliga liv, och tiga om vårt hopp om att Ethans son skulle bli en bättre människa.

Vi kunde inget göra, vi hade inget att säga till om. Och om vi skulle säga något, då skulle vi riskera våra liv.

Bonnie rycker till när det knackar på dörren.

Den hårda, bestämda och nästintill ilskna knackningen får mig att undra om Ethan nu kommit för att döda oss.

Jag tar tag i en kastrull innan jag går mot dörren med bestämda steg.

Jag öppnar dörren snabbt, innan min högra hand återgår till att hålla ett fast grepp om kastrullen.

Sekunden efter att dörren öppnats så tappar jag kastrullen. Den landar med en metallisk skräll mot det hårda stengolvet. Jag hinner precis dra undan fötterna.

Bonnie rivstartar och springer iväg mot mitt rum.

Jag svär på att jag nästan kan höra mitt hjärta slå när Ethans son står där, med ett flin på läpparna och hans mahognybruna hår som glänser i den vackra förmiddagssolen.

Hej, säger han och skrattar.

Skulle du mörda mig med den där eller? frågar han och fortsätter att skratta.

16

Jag ler generat och han sträcker fram handen.

- Jacob. Jacob Demenwood.

Jag sträcker fram min hand och han tar tag i den, och vi skakar hand.

Han biter sig i läppen och ser skamsen ut.

- Förlåt att jag inte presenterade mig igår, men resan hade varit lång och jag var trött.

Jag nickar mot honom.

- Det är lugnt. Jag tog inte illa upp.

Han ser nästan ledsen ut, och jag undrar om jag gjort något fel.

- Jag ville faktiskt be dig om en tjänst, jag menar, du verkar ju känna till skogen ganska bra, du kanske ville visa mig runt? Självklart mot betalning, du kan få hur mycket pengar du vill av mig, bara jag får lära känna djuren, och får lära mig hur skogen är, och vad man kan göra med den. Utan att skada den, eller djuren.

Jag möter hans blick och funderar en stund. Var detta bara ett uppdrag från Ethan, eller menade han allvar? Ville han kanske lura ut mig i skogen för att sedan döda mig?

Tänk om jag sa att jag ville ha tjugo miljoner, då skulle han aldrig kunna betala det. Han sa nog bara detta för att lura mig, och döda mig.

Varför skickade Ethan då sin son? Ethan var starkare än både mig och min mor tillsammans.

Erbjudandet frestade mig, Min mor och jag hade nätt och jämnt mat för dagen. Hon jobbade som kassörska i den mest exklusiva affären som vi hade här i Bherka, men den var inte särskilt exklusiv om man jämförde med de affärer min mor och jag hade sett i Haquin.

Pengarna kanske skulle göra livet lite lättare för oss.

- Min mor och jag skulle verkligen behöva pengar. Mycket pengar.

Han nickar.

- Du får vad du vill ha.

Jag biter mig i läppen och tittar honom djupt in i ögonen. De där gröna ögonen var nästan vackra.

- Vi möts på ängen här utanför imorgon bitti klockan sex. Inte en minut försent!

Han nickar och ler brett. När han ler så är han nästan vacker.

Precis framför vårt hus fanns en äng med violer och tusenskönor som gav det tråkiga gräset mer färg.

- Ta på dig varma och tåliga kläder.

Han nickar. Jag ser upp på himmelen. De gråa och regnfyllda molnen vakar över oss.

Som om molnen var konungaparets assistenter, utskickade för att vaka över mig och min mor.

Kapitel 4

Jag vaknar av att det blåser ute.
Jag sträcker ut handen mot min väckarklocka och tittar på den.
Kvart i sex. Perfekt tid. Det tog bara fem minuter för mig att göra mig färdig.
Jag skrattar till vid tanken på att stackars Jacob säkert gick upp fyra, han hittade väl inga passande kläder. Han har väl bara fina konungakläder. Sådana kläder som varken mor eller jag någonsin hade sett med våra egna ögon, i verkligheten. Vi hade sett sådana kläder i de små klädesbutikerna, som mest sålde starka och tåliga jackor, tröjor och byxor, de sålde inga direkta modeplagg. Men Bherka var ingen modestad. Det var en stad där kvinnorna vaknade, tog hand om barnen, skickade dem till skolan, och skötte hemmet. Allt det där medan männen arbetade, och slet, och kom hem till en färdig middagsmåltid.
Jag reser mig upp och tittar på de kläder som mor lagt fram till mig.
En ljusgrön, lite kortare tunika med svarta byxor. Ett marinblått bälte som ska hålla uppe tunikan och underlätta för mig under mina dagar i skogen.

Jag hade gått ut skolan vid femtonårsåldern, och hade i nästan tre år bara gått runt i skogen och tagit hand om de djur som jag blivit vän med.

Jag granskar mig själv i spegeln. Jag flätar mitt blonda hår och lägger flätan över min högra axel. Sedan tittar jag på klockan. Klockan sex prick.

Jacob står som han lovat på ängen när jag kommer ut till honom.

Han har på sig en brun tröja med bruna byxor. Utanpå tröjan har han en beige skinnjacka.

– Hej, du följde mina instruktioner, säger jag och ler brett.

Han ler och går fram till mig.

– Vad tror du om mig? Varför skulle jag inte följa dem? Du är ju min guide.

Jag slår ner blicken.

– Förlåt om jag var otrevlig igår. Din fråga gjorde mig förvånad.

– Det är lugnt. Jag kanske var otrevlig själv också, att be dig om en tjänst, bara sådär.

Jag skakar på huvudet.

– Det var du inte.

Under flera sekunder står vi bara där, med endast någon meter mellan våra ansikten.

– Vi borde skynda oss, fåglarna vaknar snart, och du ville väl lära känna dem?

Han nickar.

– Bland annat dem, ja.

Jag harklar mig och tar på mig min tunga ryggsäck.

– Då går vi.

Jag hejdar mig själv från att sträcka ut en hand.
Marken knarrar under oss. Jacob tittar fokuserat
på vägen. han går precis bredvid mig och jag brottas
hela tiden med viljan att greppa hans hand.

Vi hade kommit in i den del av skogen som var
min favorit, det var här de flesta djuren höll till. Men
idag så syntes inga djur alls. Inga djur sprang kors och
tvärs.

Fåglarna kvittrade glatt, som om allt var som
vanligt.

Trots det glada ljudet så kände jag rädslan inom
mig, den var stark. Jag undrade vad som hade hänt.

- Jacob viskar jag och stannar.

Han vänder sig mot mig. Jag kan se på hans blick
att han nu är lika rädd som jag är.

- Det är något som inte stämmer.

Då hörd ett starkt dån, följt av ett dovt klappran-
de som kommer närmare oss.

Jag stelnar till och står som orörlig.

- Det är en skenande hjord, och den kommer inte
stanna när den kommer hit.

Jacob stelnar först till precis som jag, sedan
greppar han min hand och drar mig bort från platsen
vi stod på. Jag återkommer till verkligheten och
börjar springa med honom.

Hjorden kommer närmare oss, och jag tittar efter
ett ställe att skydda oss på.

Vi är precis vid en sluttning, och skogen övergår i
äng.

Jacob drar med mig bort till ett stort hål i marken,
som ser ut att vara ungefär en och en halv meter
brett.

Jag tittar på honom. Han möter min blick.

- Jacob, vi vet inte vad som finns där nere, det kan vara flera hundra meter djupt, vi kanske aldrig mer kommer upp.

Han biter sig i läppen. Klapprandet är nära nu och jag tittar åt det håll som klapprandet kommer ifrån.

Hjorden kommer ut ur skogen och är endast något tiotal meter ifrån oss.

- Jag låter inte dem döda dig, eh, oss.

Hans blick är fokuserad.

- Vi kan dödas i fallet ner, och hur ska vi få tag i mat?

- Det kanske bara är två meter ner. Vill du hellre dö pågrund av den skenande hjorden, än att hoppa och åtminstone ha en chans?

Jag biter mig i läppen. Hjorden är bara några meter ifrån oss.

- Jag lovar att det kommer bli bra, okej?

Jacob väntar inte på svar utan lägger armarna om mig och tar ett kliv ut mot hålet.

Hjorden dundrar över ängen, medan vi susar ner i hålet.

Efter några sekunder så möts vi båda av en förlamande smärta och ett dunkelt mörker

Kapitel 5

Jag känner ingen smärta längre. Jag är död. Det måste jag vara, det är inte vetenskapligt möjligt att överleva detta.

Varken jag eller Jacob kan ha överlevt fallet, eller smärtan. Så vi måste vara döda.

Jag borde vara arg på mannen som tvingade mig mot döden, men det är jag inte. Tvärtom så är jag ledsen över att jag inte fick tillbringa mer mänsklig tid med honom.

Jag känner att smärtan återvänder. Då kan jag inte vara död. Då måste jag vara vid liv!

Utan att öppna ögonen så rullar jag över på sidan och känner något mänskligt, varmt och levande vid min sida.

- Jacob, mumlar jag.

Jacob! Jag slår upp ögonen och ser hans ansikte framför mig.

Jag lyckas ta mig upp i sittande ställning, trots att smärtan ilar igenom mig.

Jag lyfter försiktigt upp hans huvud och ser på hans slutna ögon.

- Jacob, viskar jag.

Han är varm, han är vid liv. Bara väldigt medvetslös.

I det dunkla mörkret så kan jag se en bokhylla stå lutad mittemot mig.

Detta verkade vara ett underjordiskt rum och inte bara ett gapande hål.

Jag tar mig haltande bort till bokhyllan och lyckas hitta ett blockljus och en tändsticksask.

Jag ser att det är månljus som lyser upp rummet. Månljus uppifrån.

Jag tänder ljuset och kan då se att det ligger två rullar torkat kött, och tre flaskor med vatten, på samma hylla. Bredvid den dammiga bokhyllan så finns det ett tiotal vedbitar att elda med.

Och ovanför vedhögen, så sitter det en helfigursspegel. Jag möter hastigt mig egen blick.

Jag tar med mig det som finns och tar mig haltande tillbaka till Jacob.

Jag gör upp en eld och sedan river jag av en bit av min tunika. Jag häller lite vatten på tygbiten och lägger tygbiten på Jacobs panna.

Min mage kurrar så jag rullar upp den ena rullen med kött och river av en liten bit.

Jag tar en tugga av köttbiten, och låter den ljuvliga smaken dröja sig kvar i munnen.

Nästa morgon vaknar jag av att någon plågat skriker:

- Aj!

Jag ser Jacob försöka göra upp en eld. Han håller om sin hand och jag förstår att han skadat sig på en vedbit.

När min hjärna uppfattar vem som precis skadat sig så kastar jag mig upp och slår armarna om honom.

- Jacob, du lever.

Han besvarar min kram. I exakt det ögonblicket kommer jag att tänka på att det nu gått en natt utan att jag varit innanför mitt hems dörrar.

När skulle förbannelsen börja verka?

- Jacob, hur ska vi ta oss upp?

Han ler snett.

- Vänta tills far upptäcker att jag är borta, han kommer skicka ut hur många män som helst. Vi kommer att hittas.

Jag ler lättat.

Jacob och jag utsattes för två och en halv vecka av kyla och hopplöshet.

Men samtidigt så växte vi närmare varandra och lärde känna varandra på ett sätt som vi kanske aldrig skulle fått möjlighet till annars.

Han var en vän nu. Jag litade blint på honom.

Varje solig dag så strålade det in mängder med solljus ner till vår alternativa bostad, så vi började att hushålla med veden, och eldade endast på nätterna.

En åskknall väcker mig och jag sätter mig upp på marken. Jag hade ont i nacken efter att jag sovit på min arm i två veckor.

Jag tittar upp mot himmelen. Solen skulle snart gå upp. De tidiga morgonfåglarna kvittrar ivrigt.

Bredvid mig sover Jacob tungt. Hans arm ser bekväm ut att sova på.

Hans bröstkorg höjs och sänks och jag blir som hypnotiserad av rörelsen.

Jag huttrar till, elden hade slocknat.

Jag lägger mig bredvid Jacob, på min egen arm. Små snarkliknande ljus hörd från honom och jag ler för mig själv.

Jag huttrar till igen. Sedan rullar jag över på sidan och tar ner min egen arm.

Sedan sänker jag ner mitt huvud på Jacobs arm.

Ljuden upphör och jag sluter ögonen.

Jag måste ha somnat för jag kan inte längre höra fåglarnas kvitter.

Kapitel 6

När jag vaknar så ser jag att jag fortfarande ligger på Jacobs arm, men i sömnen har jag även lagt över en arm över hans axlar och min hand håller i hans.

Han måste alltså ha vaknat, utan att ha flyttat mig.

Jag sträcker på mig och gäspar.

Jacob sätter sig upp och lägger en arm över mina axlar.

Han vänder mig mot sitt eget ansikte. Det är bara någon millimeter mellan våra ansikten nu.

Han tittar fokuserat på mig och jag kan nästan höra mitt eget hjärta.

Då händer det som man egentligen aldrig fått se. Det som ingen i hela konungafamiljen visat offentligt. En adlig kysser en icke-adlig.

Jacobs läppar mot mina. Hans andedräkt mot min. Våra ansikten tätt intill varandra.

Ingen av oss vill avsluta kyssen, vi båda har längtat efter denna, medvetet eller icke-medvetet.

Kärlek mellan en adlig och en icke-adlig brukar uppstå betydligt snabbare än såhär, och oftast gifter de sig på grund av att riket måste ha en tronarvinge, och inte på grund av kärlek. Senare, efter bröllopet så uppstår det en kärlek. Men jag och Jacob var annorlunda, vi var kära nu.

Men jag var inte ens säker på om han verkligen skulle välja mig på sin artonårsdag.

Men jag hoppades.

- En vecka kvar, säger jag.

Han suckar.

- Ja. Hoppas vi kommer ut härifrån innan dess.

Min mage kurrar. Vi har slut på kött och vi har inte ätit sedan i förrgår morse.

Vi har knappt en halv flaska vatten kvar.

Jag börjar undra när min förbannelse skulle verka, inte för att jag längtar efter det, men det känns konstigt att det dröjde så.

När jag vaknar så inser jag att något är fel. Mitt hår hade blivit längre och mina naglar var ljusblåa.

Jag reser mig upp och ser att mitt hår är knälångt och ljusblått.

Jag går fram till spegeln bredvid bokhyllan och ser att mina ögon är klarblåa.

Mitt ansikte var smalt och mina läppar var blodfattiga. Vi behövde mat, dryck och husrum, vi skulle inte klara oss länge till. Men vi höll varandra vid liv. I alla fall än så länge.

Min hud är blek. mina läppar är nästan lila och jag ser alldeles iskall ut.

Nyfikenheten växer inom mig och jag undrar om jag är magisk.

Jag sätter min högra hand mot väggen. Inget händer.

"Frys" tänker jag. Jag kan se hur väggen fryser till is.

"Sluta!", viskar jag och sekunden efter slutar kylan klättra upp längs väggen. Sakta tinar väggen upp och återgår till normal temperatur.

Jag andas snabbt och har svårt att förstå vad som just hänt.

Jag känner två händer på mina axlar.

- Du är vackrare när du är magisk och blåhårig.

Jag vänder mig mot Jacob.

- Det verkar som om jag kan frysa ner saker, om jag vill.

- Häftigt, säger han och ler.

- Ganska. Men jag är lättad över att jag kan styra det, det hade varit ganska jobbigt att ständigt frysa ner dig varje gång jag rör dig, och sedan tina upp dig.

Han skrockar.

- Ja, men jag hade aldrig varit svettig i alla fall.

Han kysser mig och jag känner hans varma läppar mot mina iskalla.

Jag lägger armarna om hans hals.

Jag river av en bit tyg från min tunika och fäster upp mitt långa hår med den.

Även när det var uppsatt så var det nästan dubbelt så långt som jag hade haft det innan.

Om håret var utsläppt så kunde jag inte sova.

Jag hade varit vaken hela natten och försökt tänka ut hur jag skulle kunna få upp oss med mina fryskunskaper.

Jag hade inte kommit på något.

Både Jacob och jag hade blivit tröttare på grund av näringsbristen.

Vi behövde mat och vatten. Annars skulle vi dö. Jag visste inte hur länge till vi skulle klara av det, jag visste inte om vi skulle överleva.

Jag var rädd, jag ville inte dö. Jag ville inte att Jacob heller skulle dö.

Solen har börjat gå upp och jag gäspar stort. Jag lägger mig ner och sluter ögonen.

Kapitel 7

Jag vaknar av att någon skakar mig. Jag antar att det är Jacob.

Jag hör män ropa hans namn. Jag öppnar ögonen och Jacob är framför mig.

- De är här, vi blir räddade!

Jag tittar sömndrucket på honom och känner ingen ork att resa mig. Näringsbristen har gjort mig tröttare.

Han lyfter mig och går bort till öppningen i taket.

Han tar ett kliv och har kvar mig i famnen.

Sedan hissas vi upp. Jag öppnar ögonen och ser att vi är i en korg.

Nu förstår jag allt, vi överlevde, vi skulle snart vara uppe på mark. Jag blir så exalterad bara av tanken.

Jag piggnar genast till och vänder mig mot Jacob.

Han böjer huvudet mot mig och kysser mig.

Jag besvarar kyssen och han skrattar till.

En man ropar åt oss att vi ska gå ut ur korgen.

När vi båda satt ner fötterna på gräset så kastar jag mig om honom.

Han kramar mig och håller mig tätt intill sig.

Sedan ger han mig en kyss så stark att jag lätt hade kunnat falla tillbaka ner i hålet.

Ethan harklar sig bakom om oss och vi båda vänder oss mot honom.

- Vad bra att ni båda är i livet. Jacob, vi kanske ska gå...

- Nej, jag går med Lethea. Vi ses vid torget imorgon vid utvalsceremonin, avbryter Jacob.

Jacob skulle fylla arton år imorgon. På torget skulle det hållas en ceremoni där han skulle välja en hustru.

Ethan spänner ögonen i mig innan han vänder sig mot Jacob.

- Nåväl, det går väl bra. Vi ses vid ceremonin imorgon. Gå nu iväg med...Lethea.

Det gjorde ont i honom att uttala mitt namn, och inte bara kalla mig häxa. Han hade märkt att min förbannelse hade brutit ut, det såg jag på hans ansiktsuttryck.

Jacob tar min hand och drar med mig mot skogen.

- Så, vi går till mig först?

Han ler.

Om du vill, så.

Efter att vi gått ett tag, så tornade en backe upp sig framför oss och jag visste att det inte var långt hem nu. Jag brukade ta denna vägen hem ibland när jag varit ute i skogen.

Efter backen var det bara ett tiotal meter kvar tills vi var framme vid huset.

Vi går uppför backen och Jacob håller min hand hela tiden.

När vi står på toppen av backen så drar Jacob mig intill sig och kysser min hjässa.

- Jag älskar dig, vet du det?

Jag ler för mig själv innan jag vänder upp ansiktet mot hans.

- Jag älskar dig mer.

Han kysser mig och jag känner lyckan inom mig.

- Jag kommer välja dig, det vet du va?

Jag känner ännu en våg av lycka skölja över mig.

- Nej, det visste jag inte förrän nu.

Jag skrattar till och kysser honom igen. Vi sätter oss ner på backen och han kysser mig igen.

Jag tar tag om hans nacke och sedan rullar vi nerför skogsbacken.

Våra fingrar flätas samman och vår kyss tar inte slut förrän vi ligger på ängen alldeles utanför mitt hus och skrattar.

Vi tittar upp i himmelen, och jag lägger mig bredvid Jacob.

- Jag är lycklig nu, och det har jag inte varit sedan min bror Calter flyttade.

Jacob kysser min kind.

- Jag med.

Min mor slog armarna om mig och kramade mig länge. Hon förstod på mitt blåa hår, bleka hy och ljusblåa ögon att förbannelsen brutit ut.

Hon såg alldeles knäckt ut. Mitt försvinnande hade gjort henne till ett vrak.

När jag såg hur hon reagerade bara efter ett par veckor, så undrade jag hur hon skulle reagera i morgon vid utvalsceremonin.

Hon skulle sakna mig enormt. Men framför allt så undrade jag hur Ethan skulle reagera. Antingen så skulle han förbjuda vårt bröllop eller så skulle han straffa mig och Jacob, efter bröllopet. Eller så skulle han straffa min mor, Calter eller min far.

Jag ville inte tänka på vilka konsekvenserna kunde bli.

Jag ville bara tänka på att Jacob älskade mig, jag älskade honom och han skulle välja mig imorgon.

Ingenting kunde ta ifrån mig den lycksaliga känslan.

Ingenting.

Kapitel 8

Jag vaknar upp med Jacob bredvid mig och försöker minnas gårdagen.

Min mor hade förstått vad som skulle ske vid utvalsceremonin när jag kysste Jacob.

Hon hade lett mot oss, men jag såg oron i hennes ögon.

Hon hade erbjudit Jacob gästrummet, och han hade tackat ja.

Senare på kvällen, när hon gått och lagt sig så hade han smugit in till mig.

Vi hade kysst varandra, men inget annat. Vi var ju inte gifta ännu, inte ens förlovade.

Enligt böckerna och folket i Bherka så hade ingen konung gift sig av kärlek, kärleken hade kommit senare. Det betydde att jag och Jacob var annorlunda på två sätt.

För det första så var jag en person med krafter, krafter som lätt skulle kunna frysa ner resten av konungafamiljen till döden, och dessutom så älskade Jacob och jag varandra innan äktenskapet. Det var nog första gången någonsin.

Jacob kliver upp ur sängen.

- Jag måste få ta en dusch.

Han ler snett.

- Det kanske inte är en dusch som i huvudstaden, men den duger.

Jag visade honom till badrummet, han nickar och han kysser mig.

- Vadsomhelst duger efter nästan tre veckor inlåst under marken.

- Grattis, förresten, säger jag.

- Tack.

Min mor knackar på dörren och jag ropar åt henne att hon kan komma in.

Jacob sitter i vardagsrummet och väntar på mig.

Min mor kommer in och ler mot mig.

Jag har på med en ljuslila klänning med en ljusgrön kofta till.

Mitt hår är uppsatt i en lång fläta, som går längsmed ryggraden och slutar vid höften.

- Du är väldigt vacker, Lethea.

- Tack, säger jag och försöker hålla tillbaka tårarna.

Detta var sista gången jag klädde på mig i detta rummet, efter utvalsceremonin så åkte jag och Jacob direkt till huvudstaden tillsammans med de andra.

Jag vänder mig mot min mor och slår armarna om henne.

- Jag vet inte hur jag ska bete mig i huvudstaden, jag kanske gör fel.

Tårarna rinner nerför mina kinder nu.

- Lethea, du kommer inte att göra fel.

- Jag och Jacob ska göra allt för att upphäva ditt reseförbud. Jag lovar. Jag ska försöka, och jag ska be

Jacob tala med sin far. Det är det första vi gör efter att vi anlänt till huvudstaden, mor, jag lovar!

Hon kramar mig och sedan tittar jag mot dörren och jag ser Jacob stå där i dörröppningen.

Han nickar som för att säga: "Ja, jag ska göra allt för att upphäva hennes reseförbud"

Jag ler mot honom.

Jag är honom evigt tacksam om vi lyckas.

Jacob går bredvid mig, som för att visa alla andra att detta är den nya drottningen.

Efter att konungasonen gift sig med den utvalda hustrun så blir de konung och drottning, det gamla konungaparet fått bo kvar i slottet, men de är inte längre konung och drottning. De blir då konungafar och konungamor.

På torget har så gott som alla i hela Bherka samlats för att se på när ett nytt konungapar bildas.

I mitten av torget har Ethans män byggt upp ett podium där konungasonen ska gå upp och välja ut sin hustru.

Men Jacob går dit upp med mig direkt.

Ethan står precis nedanför, bredvid sin fru, Amanda.

Han ser chockad ut när vi kliver upp på scenen.

Jacob tar min hand och höjer upp våra sammanflätade händer.

Hela folkmassan tystnar.

Jacob sänker våra händer och släpper sakta min hand

Folket här i Bherka är så mycket mer än vad jag först trodde, säger han till en början.

Sedan fortsätter han:

Jag trodde inte att jag skulle hitta något att gifta mig med, jag trodde att jag skulle få åka härifrån utan en hustru, men så träffade jag Lethea, och hela mitt liv vändes uppochner. Vi blev instängda under marken och kämpade mot döden, och mot klockan. Och det enda som egentligen höll mig vid liv var Lethea, och hennes starka känslor för mig, och mina starka känslor för henne. Lethea kommer att bli Fhystels nya drottning!

Folkmassan jublar och kastar ris över oss.

Han tar min hand igen, och höjer våra sammanflätade händer ännu en gång, och folkmassan jublar ännu mer.

Till och med Ethan jublar.

Kapitel 9

Jacobs och min förlovning gav folket i Bherka ett nytt hopp om en snällare monarki.

Jag kände mig skyldig att göra vad jag kunde för att få deras drömmar att slå in.

Vi två skulle göra allt för att ge Fhystels folk ett lättare och rikare liv. Det var vårt mål.

Jacob tar min hand och vi kliver ombord på färjan som ska ta oss till huvudstadens kust.

Bherka låg i ena änden av landet och Haquin låg i andra änden. Bherka låg vid kusten, precis som Haquin gjorde.

Amanda och Ethan går bakom oss.

Resan skulle ta minst två dagar.

Så fort alla fyra kommit ombord så sätter vi oss ner i en två mjuka soffor som står i foajén.

Bredvid sofforna står trapporna som leder till andra däck.

Jacob och jag sätter oss i en soffa och Ethan och Amanda slår sig ner i den andra.

- Jaså, Lethea. Välkommen in i familjen. Vi kommer ta hand om dig.

Ethan ler. Det är nog första gången jag sett honom le mot mig, och inte bara mot folket i Fhystel.

- Du kommer få träffa både din bror och din far direkt när vi anländer, säger Amanda.

Jag stelnar till. Är Calter inte i Jerha längre?

- Är Calter i Haquin?

Ethan nickar.

- Vi erbjöd honom ett jobb, som han glatt tog emot. Han jobbar som en av våra hembiträden.

- Är min far fortfarande...

- Min assistent? Ja.

Han ler igen, men denna gången ler han bredare, och faktiskt vänligare.

- Jag menar allt jag sa innan, vi kommer verkligen ta hand om er två, och er son när han kommer.

Jag möter hans blick och ler jag med.

Jacob tar min hand och ser på sin far.

- Vi kommer kanske vänta lite med det.

Ethan ser förolämpad ut.

- Självklart, det bestämmer ju inte jag.

Jag utväxlar en blick med Jacob. Han harklar sig tittar på sin far igen.

- Är allt okej? frågar Ethan.

- Jadå, jag och Lethea har bara ett litet önskemål, vi vill att du upphäver Letheas mor, Lucys reseförbud.

Jag häller upp ett glas av isvattnet som står på soffbordet och tar en stor klunk.

Han skiner nästan upp.

- Jag tänkte faktiskt göra det direkt när vi kom hem. Självklart! Hon kan komma och hälsa på när hon vill, jag betalar resan, och hon kanske till och med vill flytta hit? Vi har definitivt plats för en till i vårt slott!

Jag sätter nästan vattnet i halsen av Ethans sprudlande svar.

Jacob skiner upp bredvid mig, och klappar mig på ryggen.

Ethan ler brett mot mig.

Lethea, blir det bra?

Jag nickar och ler tillbaka.

Jacob vänder sig mot mig och jag kastar mig om halsen på honom.

Sedan vänder jag mig mot Ethan och Amanda och ger dem varsin kram.

- Det ligger bara några kilometer från vårt slott, så du kan vänta dig många familjemiddagar, säger Amanda och ler hjärtligt.

Jacob lägger armarna om mina axlar och kysser min kind.

- Jag längtar till vårt bröllop, säger jag och han ler.

- Jag med.

- Och vår smekmånad, viskar Jacob i mitt öra.

Jag försöker dölja ett brett leende.

När vi kom i den sviten som vi ska ha under resan så hamnar jag i chock.

En dubbelsäng med bomullsmjuka örngott och lakan.

Jag släpper ner väskan i chock och Jacob fnissar bakom mig.

Han slår armarna om min kropp och drar mig intill sig.

- Detta är samma svit, och samma båt som vi ska åka med under vår smekmånad.

- Följer dina föräldrar med då också? frågar jag.

Han skrattar.

- Nej, det blir bara du, jag och ett tiotal butlers och kockar.

Vi går in i badrummet. Det var lika stort som mitt rum hemma i Bherka.

Ett fyrkantigt badkar, och ett vanligt, samt en dusch med någon slags extra funktion, en toalett och två handfat, med en stor spegel ovanför.

- Gillar du det?

Jag vänder mig mot honom.

- Skojar du? Jag älskar det!

Han går fram till mig och kysser mig.

- Bra, jag lovar dig, så fort vi kommer fram till Haquin så kommer vi och mina föräldrar börja planera bröllopet och de är så glada över att vi älskar varandra redan innan, för det kommer göra bröllopsplaneringen mycket enklare.

Jag kysser honom igen.

- Jag längtar till vårt bröllop.

Han lyfter upp mig i famnen och snurrar runt ett varv.

- Lethea, jag trodde aldrig att jag skulle bli såhär lycklig, någonsin. Du är allt för mig. Jag älskar dig.

Jag möter hans blick.

- Jag älskar dig mer.

DEL TVÅ

MAGI

Jacob och Lethea är lyckliga, med ett
bröllop som väntar runt hörnet, och en
lycklig framtid tillsammans så känns
allting underbart.
Lethea och Jacob förbereder sig inför all-
ting, och Lethea förbereder sig inför rol-
len som regerande drottning.
Men efter bröllopets och smekmånadens
ljuvliga glans, så kommer de båda hem,
och snart inser de att det har dykt upp
några oväntade, och framför allt påfres-
tande hinder, och de måste överleva dem,
innan de kan börja sitt nya liv.
Om de kan överleva.

Kapitel 1

Jacob lyfter upp mig i famnen och lyfter mig över tröskeln.

Ethan och Amanda försvinner iväg i taxin, som precis släppt av mig och Jacob vid vårt slott.

Hemma i Bherka fanns det bara ett fåtal bilar, och de tillhörde de rikaste människorna.

Varken jag eller min mor hade någonsin åkt i en bil. Men nu hade jag åkt i en, för första gången.

Jacob sätter ner mig i hallen, sedan kysser han mig.

- Är du lycklig?

Jag nickar. Jag var mer än lycklig.

- Ja.

Han tittar fokuserat på mig.

- Bra.

Ethan och Amanda börjar med planeringen redan nästa dag.

Jag blev nästan yr av allt prat om klänning, blommor, färger och gäster.

- Lethea, skulle du gilla en långärmad klänning, eller kanske en ärmlös? frågar Amanda.

Jag rynkar på ögonbrynen.

- En vit.

Amanda skrattar.

- Vi kan åka och prova tillsammans.

Jag nickar. Jag hade ingen aning om vad som var bäst för mig.

- Det låter bra.

Ethan harklar sig och tittar på mig och Jacob.

- Låter det bra om bröllopet hålls i vår trädgård, om en månad?

Jacob tittar på mig som om jag fick bestämma.

- Det låter bra.

Jacob tittar bekymrat på mig. Sedan tittar han på sin far, som sedan nickar.

- Lethea, skulle du vilja möta din far och din bror? frågar Jacob.

Jag möter Jacobs blick.

- Nu?

Han nickar.

- Du kanske vill träffa dem, och se att de mår bra innan du ens kan tänka på bröllopet.

Jag nickar. Han hade rätt, jag behövde träffa min far och min bror först. Efter det så skulle allting kännas mycket bättre. Jag hoppades i alla fall på det.

Jacob ler.

- Jag ska visa var de finns.

Jag höll ett stadigt grepp om Jacobs vänsterarm när vi gick ut ur den taxi som kört oss till Ethan och Amandas slott, den taxi som alltid stod på min och Jacobs uppfart.

Den väntade alltid tills vi behövde den. Chauffören bodde i arbetarhuset, det lilla huset på slottets bakgård där alla hembiträden och kockar sov.

Jag kände oron inom mig. Skulle de känna igen mig?

Skulle de veta att jag var deras dotter, eller syster?

- Där är de, säger Jacob och pekar mot detta slottets arbetarhus.

Han leder mig mot dörren och han öppnar den. Han föser in mig i den lilla hallen och kysser min kind.

- Jag väntar här utanför.

Jag nickar och han försvinner ut.

Jag tar ett djupt andetag innan jag går in i det stora rummet som jag antar är vardagsrummet.

Jag ser inte en enda människa här inne, men jag antog att Jacob kände till både min bror och min fars arbetstider.

- Calter? Robert?

Jag stannar till i vardagsrummet och blickar ut över rummet. En korridor startar lite längre bort.

Jag fingrar på mitt halsband. Det jag fått av Calter.

Två män kommer ut från två olika dörrar i korridoren, och de båda stannar upp när de ser mig och mitt långa, utsläppta och blåa hår.

- Calter? Far? frågar jag de två männen.

Den yngsta mannen som jag känner igen som Calter rusar fram först och kramar mig.

Sedan kommer den andra mannen mot mig och vi tre kramas länge innan jag vågar röra mig, innan jag vågar tala.

- Calter, far. Jag ska gifta mig med Jacob.

De båda ler brett.

- Underbart, säger Calter med lycka i rösten.

- Vi är så lättade att du kommer få ett bättre liv, det är det viktigaste för oss, säger min far.

- Jag är så glad över att se er!

Calter flinar brett.

Kapitel 2

Jacob ser allvarlig ut när jag kommer ut från arbetarrummet.

- Hej, är allt okej?

Han nickar sakta.

- Ja.

Jag tar hans hand och jag börjar gå mot taxin. Han stannar och jag vänder mig mot honom.

- Vad är det?

Han vänder bort blicken, som om han skäms.

- Är du säker på att det är detta du vill? Leva samtidigt som du ser din bror och din far arbeta åt dina svärföräldrar? Samtidigt som du ser dem arbeta åt dig?

Jag rynkar på ögonbrynen.

- De jobbar inte för mig.

- Jo, mer eller mindre. Jag vill bara se dig lycklig, inget annat.

- Jag kan bara bli lycklig med dig. Jag kan inte bli lycklig med någon annan människa.

Han ler.

- Jag vet.

Han drar mig intill sig och kysser mig.

- Förlåt om jag gav dig tviveltankar. Jag vill gifta mig med dig.

- Jag kommer aldrig någonsin tvivla på att jag älskar dig, och att du älskar mig.

Han kysser mig igen, denna gången med en ännu starkare känsla.

- Låter bra.

Jag går fram längs med altargången.

Min far håller min arm och jag känner mig otroligt nervös, även om detta bara är en testrunda.

Gången är kantad med vita stolar och vita rosor.

Jag bär en lång, vit och ärmlös klänning och en slöja som är fäst i min tiara.

Det som gör mig mest nervös är att testrundan, sänds live i hela Fhystel.

Bröllopet kommer också att sändas live.

Jag kan knappt andas. Jag ser Jacob stå framme vid bröllopsvalvet och jag skyndar på stegen, en aning.

Ethan, Amanda och min bror sitter längst fram och tittar på mig och min far.

När vi kommer farm till valvet så sätter sig min far ner bredvid dem och jag går de sista stegen fram till Jacob. Han tar mina händer i sina.

Sedan böjer han på huvudet och kysser mig.

Jag besvarar kyssen och lägger armarna om honom.

Vi båda sluter ögonen och ignorerar omvärlden.

Alla människor som står gömda för att kontrollera allting, och alla kameror runtomkring oss flyter bort och det känns som om det bara är vi två här.

Vi fortsätter kyssas. Ingen av oss öppnar ögonen.

Brudmarschen blir till en ljuvligt vacker melodislinga som fortsätter spelas.

Någonting säger mig att kamerorna fortfarande sänder live, men ingenting kan få oss att avsluta detta ögonblick.

Jag skrattar till tyst, och sedan kysser han mig igen.

Han ger mig en avslutande kyss och sedan tar han min hand och vi vänder oss mot kamerorna.

Vi lyfter våra sammanflätade händer igen och vi hör hur människorna runtomkring oss applåderar livligt.

- Om ni inte redan vet vem hon är, så låt mig presentera henne. Lethea, mitt livs kärlek!

De börjar applådera mer och vita rosenblad regnar ner på oss.

Om testrundan var såhär vacker, hur vackert skulle inte själva bröllopet bli då?

Jacob kysser mig igen och jag besvarar genast kyssen.

Den vackra melodin spelas fortfarande.

Jag börjar nästan undra om inte kameramännen tröttnar snart, men tvärtom.

Snart kan jag höra hur någon av dem börjar snyfta lågmält.

Rosenbladen fortsätter regna ner.

Jacob lyfter plötsligt upp mig i famnen och fortsätter kyssa mig.

Jag hör hur den lilla publiken vi hade reste sig upp och applåderade ännu livligare.

Jag slår händerna om hans nacke och håller mig kvar när han sätter ner mig på marken igen.

Han kysser mig en sista gång innan han tar min hand och vi börjar gå tillbaka längsmed altargången.

Kamerorna följer varje steg vi tar.

Vi går och jag känner hur lyckan inom mig blossar upp till ett euforiskt, sprudlande hav av lycka.

Kapitel 3

Min mor ringer på kvällen.

- Jag såg testrundan, det var helt otroligt!

Jag ler på andra sidan luren.

- Jag vet, det var otroligt roligt också. Förresten, ditt reseförbud är upphävt, du kan till och med flytta hit. Vi har en bungalow på vår bakgård som vi inte använder.

Jag hade pratat med honom och han vill gärna att hon bodde här.

Hon är helt tyst.

- Mamma?

- Vad menar du? Kan jag komma på ditt bröllop?

- Ja, och du får träffa både far och Calter. Du kan träffa dem varje dag, de jobbar hos Ethan och Amanda nu, båda två. Och deras slott ligger bara någon kilometer härifrån. Och vi har en taxi som alltid står på vår uppfart, du kan åka vart du vill, när du vill.

Hon tystnar igen. Sedan hör jag tysta snyftningar.

- Menar du att jag kan träffa hela min familj, när jag vill?

Jag känner att även jag börjar bli gråtfärdig nu.

- Ja. Jag ska be Ethan ringa dig någon dag i veckan och bestämma när du ska komma hit, han kan boka en färja åt dig.

Ethan kommer in i vardagsrummet.

Jag lägger ner luren på min axel.

- Det är min mor, hon vill flytta hit innan bröllopet, och bo i vår bungalow, kan du prata med henne nu om resan?

Ethan ler brett.

- Gärna.

Jag tar upp luren igen.

- Ethan kan prata nu, vi ses, mamma.

Jag räcker över luren till Ethan som börjar prata med min mamma.

Jag hittar Jacob på en av bänkarna vid bröllopsvalvet.

- Jacob?

Han tittar upp och möter min blick.

- Hej, älskling.

- Min mor kommer att flytta hit innan bröllopet, och bo i vår bungalow, är det fortfarande okej för dig?

Han nickar.

- Självklart.

Jag sätter mig ner bredvid honom.

- Tre veckor kvar.

Han ler och nickar. Han är så otroligt vacker när han ler.

- Tre plågsamma veckor till vår smekmånad.

Jag skrattar till och kysser honom på kinden.

- Jag håller med, men bröllopet kommer att bli fantastiskt, eller hur?

- Ja, så länge det är dig som jag gifter mig med så.

Han kysser mig och jag drar med fingrarna över hans kind.

- Är jag snygg i bröllopsklänning och blått hår?

Han nickar.

- Du är snygg i allt.

Ethan ropar våra namn inifrån huset.

Jacob tar min hand och vi går dit.

Ethan sitter bredvid Amanda i en av sofforna, de var nästan alltid hos oss nu innan bröllopet, de skulle fixa allt.

- Din mor flyttar hit om lite mindre än tre veckor, hon kommer dagen innan bröllopet. Jag tänkte att vi kunde fixa en liten fest åt henne, med din far, och din bror, och vi fyra.

Jag ler brett.

- Det låter underbart, hon älskar fester,

- Då är det bestämt! Amanda, pratar du med Charles om det?

Amanda nickar och de båda två lämnar sedan rummet, antagligen för att planera festen.

- Vem är Charles?

- Mina föräldrars huvudbutler, alltså den som fixar alla fester, och han som kontrollerar att alla andra sköter sitt jobb. Vi har också en sådan butler, han heter Richard.

Jag var förvånad över att alla arbetare redan hade hunnit göra sig hemmastadda i arbetarhuset, men de var väl vana vid att göra det på kort tid.

Kapitel 4

Min garderob var fylld med alla slags olika klänningar och kjolar och toppar att jag blev alldeles snurrig, bara av att titta in i min nya garderob.

Som tur är så hjälper Amanda mig med allt som har med utseende att göra.

Hon hjälper mig med olika frisyrer, hon ger mig lektioner i makeup och hon hjälper mig med vilka klädesplagg som funkar ihop och vilka som inte funkar ihop.

Det kändes skönt att hon i alla fall visste hur man skulle göra för att passa in i huvudstaden.

Jag undrade ofta om jag skulle lyckas med att vara drottning, eller om jag skulle vara dålig, och okunnig som drottning.

Jag hoppades att Amanda skulle hjälpa mig då också.

Jacob ler när jag kommer in i sovrummet på kvällen.

- Jacob, vad är det?

Han ler ännu bredare.

- Jag har köpslagit med min far.

Jag rynkar på ögonbrynen.

- Hur då?

- Jag har bytt två av våra arbetare mot din bror och din far.

Jag stannar upp mitt i en rörelse.

- Min far tyckte att det lät som en bra idé, så vi bytte. Nu är din far min assistent istället för min fars, men jag lovar att inte plåga honom.

Jag kastar mig om halsen på honom.

- Underbart!

Han kysser mig och jag flätar in fingrarna in hans hår.

Molnen är hotfullt gråa när jag tittar upp mot himmeln.

Jag har ännu inte riktigt utforskat bakgården ännu.

Amanda ville gärna visa mig runt, men bröllopet och festen hade tagit upp all min energi.

Men idag vill jag se den.

Amanda går bredvid mig och hon visar stallet där hästar kommer att stå, inom en vecka, och bungalowen där min mor ska bo, och sedan kommer vi till rosenhuset, där det står tekoppar, och en tekanna, ett bord och fyra stolar.

Jag ler.

- Amanda, här kommer vi fyra att sitta och dricka te mycket, eller hur?

- Ja, självklart.

Hon blir allvarligare och tittar på mig.

- Lethea, du är en del av vår familj nu. Vi ska göra allt för att skydda dig. Vi älskar dig.

De sista orden gjorde mig glad.

- Det betyder mycket att du säger det, jag var lite orolig innan, att ni inte skulle gilla mig, på grund av att jag nu är en magisk människa.

- Vi älskar dig ändå.

Hon ler och jag kramar henne.

- Ska vi gå och välja ut kläder till ditt tal ikväll?

Innan ett konungabröllop så ska bruden, enligt tradition hålla ett direktsänt tal, där hon berättar om hur hon känner inför drottningrollen, hur hon känner inför äktenskapet, och inför den förväntade mammarollen.

Jag hade inte hört på ett sådant tal. Min mamma väntade mig när Amanda och Ethan gifte sig, och jag hade absolut inte förberett något innan jag kom hit.

Men Amanda hade förklarat allt för mig, och jag förstod att talet inte var något som skulle vara gravallvarligt, det skulle vara ett tal om lyckan, ett glädjetal.

Och jag delade gärna med mig av min sprudlande lycka och glädje.

Mer än gärna.

Men jag hade ingen aning om vilka kläder som passade för ett sådant tillfälle.

Jag visste inte heller vilket smink, eller vilken frisyr.

Och varje gång jag tänkte på bröllopsdagens morgon så fick jag panik.

Men som tur var så skulle Ethan och Amanda flytta in till oss två dagar innan, så att de kunde vara nära till hands om någon fick panik och behövde hjälp, om någon skadade sig eller om någon matleverans var försenad.

Att veta att Amanda skulle finnas i badrummet på bröllopsdagens morgon fick mig att bli lugn.

Amanda och jag går upp till ovanvåningen och öppnar min garderob.

- Oj, oj, oj. Du kommer att vara underbart vacker ikväll, inte för att du inte är det redan, säger hon och ler.

Jacob och jag hade, förutom alla hembiträden och kockar, en sömmerska som även hjälpte till vid stora tillställningar med att sminka och fixa håret på drottningen.

Jag kände mig verkligen uppskattad med alla dessa personer som ständigt var runt mig och Jacob.

Jag kände mig viktig.

Kapitel 5

En av hembiträdena öppnade dörren och min mor kom in med tre stora väskor.

Jag tjuvkikar bakom en stor stenstaty i hallen.

Sedan smyger jag in i köket där Amanda, Jacob, Ethan, Calter och Robert står.

- Hon är här! kvittrar jag upprymt.

Alla fem nickar och två av kockarna börjar lägga upp aptitretarna på tallrikar innan de balanserar ut dem i hallen.

Alla vi sex följer smygande efter.

Calter har champagnen och en korköppnare bakom ryggen

När vi ser att de två kockarna serverat en ganska förvånad Lucy så hoppar vi alla fram samtidigt som Calter öppnar champagnen med en smäll och champagnen bubblar ut ur flaskans öppning.

- Överraskning! ropar vi alla.

Min mor börjar skratta och sedan kramar hon både mig, Calter och min far länge.

- Jag har saknat er, alla tre så otroligt mycket.

Jag ler.

- Jag har saknat dig med.

Hon kramar oss igen.

Kockarna ger oss alla varsitt glas och häller upp champagnen, sedan slår vi oss alla ner i soffan som står i hallen.

- Så, Lethea, du gifter dig imorgon., säger min mor och ler snett.

Jag ler brett.

- Ja. Jag är så nervös.

- Var inte det, det kommer att gå bra.

- Jag vet.

Amanda knackar på sovrumsdörren.

- Kom in!

Jacob var ute på en svensexa och skulle sedan sova i ett av gästrummen, eftersom detta var natten innan bröllopet.

Jag hör på min röst att jag är nära ett sammanbrott.

Och det var jag verkligen.

Jag var orolig för mitt bröllop, mitt äktenskap, min roll som drottning och nattens sömn.

Jag älskade verkligen Jacob och ville inte förstöra vårt bröllop, genom att snubbla eller säga ja vid fel tillfälle.

Amanda kommer in i rummet och jag kastar mig om hennes hals.

- Jag kommer att misslyckas! Jag kommer att ramla, och då kommer Jacob att lämna mig, jag kommer att skämma ut honom, och er!

Tårarna rinner nerför mina kinder, i ett konstant flöde.

Jag hulkade och grät samtidigt som jag kramade Amanda.

- Du kommer att klara det utmärkt.

- Det är bara som ni säger! Jag kommer inte att klara det.

Vi sätter oss ner på sängen och hon sänker blicken och tittar på mig.

- Jag kände precis som du, kvällen innan mitt bröllop.

Jag möter hennes blick och snörvlar till.

- Men jag kommer säkert att snubbla på klänningen. Jacob kanske lämnar mig, och tvingar mig tillbaka till Bherka, och sedan kanske ni dödar Calter, Robert och Lucy, och så får jag leva ensam i Bherka.

Amanda ler snett och klappar mig på armen.

- Vi kommer varken att döda din familj, eller skicka tillbaka dig till Bherka. Och Jacob kommer inte att lämna dig, och du kommer inte snubbla.

Jag tittar på henne igen.

- Lovar du?

Hon nickar.

- Jag lovar.

Nu kan även jag le snett.

- Jag lovar också att du kommer att klara rollen som drottning, utmärkt, och ditt äktenskap likaså.

Jag ler bredare nu. Jag reser mig upp.

- Tror du?

Hon skakar på huvudet.

- Nej, jag vet det.

Hon reser sig också.

- Så, vill du ha en möhippa eller inte?

Jag nickar ivrigt.

- Gärna.

Hon ser ivrig och lycklig ut, för hon gör ett litet skutt.

- Jag beställer pizzor, och ber kockarna om snacks, och dricka, säger hon ivrigt.

- Jag kallar hit min mor.

Kapitel 6

Jag vaknar av att Amanda glatt utbrister:
- Åh! Titta på svanarna, Josie!
Jag antar att Josie är den kvinnan som är vår sömmerska, och som även hjälper till med hår och smink vid större tillställningar.
Jag tittar upp och ser de båda stå vid fönstret och berömma svanarna. Min mor står strax bakom.
- Vad är klockan?
Amanda skrattar och skrider fram till mig.
- Åtta. Dags att gå upp!
- Men bröllopet börjar ju klockan ett?
- Men det tar tid för en brud att fixas inför bröllopet!
Jag släpar mig upp och går mot fönstret.
I samma sekund som jag ser hur tre män släpper ut minst tio vita, vackra svanar så vaknar jag till, och blir genast pigg. Detta var min bröllopsdag, den dag som jag väntat på, och längtat efter ända sedan jag var fyra år gammal.
Jag vänder mig mot Amanda.
- När är det frukost?
Jag ler och hon rusar mot mig.
- Nu?

Efter den eleganta, och underbart goda frukosten, bestående av pannkakor och det godaste brödet jag någonsin ätit, tillsammans med rostbiff och smör, så går vi upp till min mor och Josie.

- Hon är utfodrad och redo! ropar Amanda.

Josie rusar fram och tittar på mig, sedan ler hon.

- Herrejösses, vad vacker du är flicka!

Jag kunde nu se att Josie var närmare sextio, hennes hår började bli grått.

- Tack.

Jag ler tillbaka och tittar sedan på min mor.

Hon står och tittar ut genom fönstret.

- Mamma?

Hon vänder sig mot mig.

- Allt är så vackert, snyftar hon.

Jag går fram till henne och kramar henne länge.

- Vi går ut i badrummet, säger Amanda och drar med sig Josie in i badrummet och stänger dörren.

Från mitt och Jacobs sovrum kunde man gå direkt in i badrummet.

Jag känner tårarna komma ännu igen.

Min mamma hade varit i min ålder när hon gifte sig och fick mig.

- Mor, du bor ju i slottets bungalow, är du inte glad över att få vara nära mig?

Jag hör att jag låter grötig på rösten.

Hon nickar.

- Jo, älskling, jag är överlycklig, detta är bara som jag blir rörd. Jag trodde aldrig att du skulle få ett sånt här fint bröllop, en sådan fin make, och ett sådant bra liv. Jag trodde inte att du kunde få det på grund av....

Jag nickar.

- Men jag har det nu. Och det är väl det viktigaste?

Hon nickar.

- Kom nu, vi har massor att göra med ditt hår.

Jag skrattar.

- Det låter bra.

Direkt efter festen så skulle vi ombord på färjan som skulle ta oss till smekmånads resmålet.

Bröllopsnatten skulle vi tillbringa där.

Vi båda går ut i badrummet där Amanda pekar mot det vattenfyllda badkaret. Jag såg att vattnet var toppat med skum, det såg ljuvligt ut med ett bad nu.

De andra lämnar badrummet, och jag tar av mig kläderna och lägger mig i vattnet.

Efter badet så tar jag på mig en badrock, och säger åt de andra att de kan komma in igen.

De placerar mig i en stol och börjar smörja in mitt ansikte.

Sedan tar de fram allt smink, och startar med det.

Amanda tar på sig uppgiften med mitt hår.

Hon gör en rejält inbakad fläta, och sätter sedan en tiara på mitt huvud.

Josie jublar av glädje och skrider in i rummet. Hon har klänningen i famnen.

Min mor hade inte fått se den.

Amanda och Josie klär mig och avslutar fixandet genom att sätta fram en skokartong.

Jag öppnar den och ser ett par vita stilettklacksskor med små diamanter på. Jag förstod att de var Amandas.

Om det inte hade varit en så speciell dag så hade jag nog sagt att jag inte kunde ha dem på mig. Men idag var en speciell dag.

- Du kanske behövde något lånat?

Jag nickar.

Min klänning var vit, ärmlös, och med en bred tyllunderdel.

Blommor bestående av ljusrosa diamanter var fästa vid livet.

Amanda tar även fram ett armband, med ljusrosa, ljusblåa, ljusgröna och gula blommor. I mitten av varje blomma fanns det en gnistrande diamant.

- En liten bröllopsgåva. Det tillhörde Ethans farmor, och har gått i arv till alla kvinnor.

Jag blir nästan rörd.

- Det är så vackert.

Amanda ler.

- Ditt hår är ju blått, och klänningen ny, så du är klar! Dags för bröllopet!

Kapitel 7

Min far står utanför slottets ytterdörr.

De andra tre har redan gått och satt sig.

Jag var så otroligt nervös nu. Alla gästerna reste sig upp och tittade på oss.

Min far tar min arm och krokar den i sin.

- Släpp inte taget, viskar jag.

Han skakar på huvudet.

- Jag lovar.

Sedan börjar vi gå mot dungen, och mot Jacob.

Jag kan knappt andas, jag är så nervös inför hela bröllopet, och bröllopsfesten.

Jag kan se att bredvid sjön, där svanarna simmar runt, så finns det säkert hundra bord, och säkert trehundra stolar.

Dungen där bröllopet ska hållas ligger bara några meter ifrån slottet, och när jag och min far kommer fram till de två pilarna som står i ingången till dungen, det vill säga, när vi kommer fram till början på altargången, så börjar bröllopsmelodin spelas och jag tittar fokuserat på Jacob.

Jag håller en brudbukett bestående av liljor, orkidéer, magnolior och rosor i mina händer och den doftar ljuvligt.

Doften är det enda som övertygar mig om att jag överhuvudtaget är vid liv. Allting känns så overkligt.

Vi kommer fram till Jacob, min far släpper min hand och går till sin plats.

Jacob räcker fram handen mot mig och jag tar den.

Jag ställer mig bredvid honom och musiken ebbar ut och övergår i total tystnad.

Prästen börjar tala, och alla sätter sig ner.

- Vi har samlats här idag för att bevittna äktenskapet mellan Lethea Claine och Jacob Demenwood. Jacob, upprepa efter mig: Jag, Jacob Demenwood lovar att älska, och hedra Lethea Claine, i nöd och lust, tills döden skiljer oss åt.

Jacob ler, innan han upprepar:

- Jag, Jacob Demenwood lovar att älska och hedra Lethea Claine tills döden skiljer oss åt.

Prästen vänder sig mot mig, och säger:

- Lethea, upprepa efter mig: Jag, Lethea Claine lovar att älska, och hedra Jacob Demenwood, i nöd och lust, tills döden skiljer oss åt.

Jag andas djupt innan jag upprepar:

- Jag, Lethea Claine lovar att älska, och hedra Jacob Demenwood, i nöd och lust, tills döden skiljer oss åt.

Prästen ler nöjt och vänder sig mot åskådarna.

- Jag förklarar er nu man och hustru.

Jacob väntar inte på tillåtelse från prästen utan kysser mig direkt.

Jag besvarar kyssen och lägger armarna, och brudbuketten, runt hans hals.

Precis som på testrundan så regnar det ner vita rosenblad, och alla gästerna applåderar och jag kan, någonstans långt borta, höra kameramännen snyfta igen.

Jacob tar min hand, vänder sig mot åskådarna och kamerorna och sedan höjer han våra sammanflätade händer och gästerna applåderar och jublar livligt.

Sedan kysser han mig igen.

Vi står bara där och kysser varandra i säkert fem minuter. Ingen av oss bryr sig om verkligheten, ingen av oss vill avsluta detta ögonblick, och gästerna verkar gilla att vi kysser varandra direkt, kameramännen också.

Jag hade klarat av bröllopet, jag hade inte skämt ut mig och Jacob hade inte lämnat mig ensam vid altaret.

Jag kände mig lättad. Hans läppar mot mina kändes så ovanligt, så nytt.

Jag kände en stark längtan tills vårt nya liv skulle börja, tills jag skulle återvända från vår smekmånad som Fhystels drottning.

Bröllopsmusiken börjar spelas igen och när Jacob tar min hand och vi börjar gå längs med altargången, så känner jag en lycka så stark att det känns som om jag ska svimma.

Vi går och alla gästerna jublar livligt.

Rosenbladen följer oss och lämnar ett spår bakom oss.

Jacob höjer min hand och kysser den.

- Jag älskar dig, säger han.

Jag möter hans blick, och vi stannar till precis vid de två, stora, dekorerade pilarna.

Bröllopsmusiken fortsätter att spelas, trots att vi båda stannat, och jag tittar länge på honom.

- Jag älskar dig mer, säger jag ganska högt. Gästerna och kameramännen börjar jubla och klappa igen.

Jag kysser honom och lägger armarna om hans nacke.

Hans axlar blir fulla av blomblad från min bukett.

I jämförelse med de andra adliga bröllopen så var detta bröllop nästan som en enda stor kyssfest. Brudparet brukade kyssas, en gång, den traditionella efter att de vigts och den var endast en kort kyss, sedan brukade de i sällsynta fall kyssas en liten kyss på den direktsända bröllopsfesten också.

Jacob och jag står där i flera minuter innan vi återvänder till verkligheten och fortsätter gå mot festdukningen.

Bröllopsfesten skulle alldeles strax börja.

Kapitel 8

Bröllopsfesten direktsändes, så alla tal var noggrant planerade, och godkända av Ethan och Amanda.

Jacob och jag sitter vid det runda hedersbordet, som finns i mitten av havet, havet som består av vackert dukade bord.

Min bror, Calter, stiger upp på den lilla scenen som vi byggt upp åt talarna.

Calter ler, men ser samtidigt väldigt fokuserad ut.

Han ser nästan rörd ut.

- Lethea. Jag lämnade dig och vår mor, men jag ångrar att jag inte fanns vid er sida.

Jag ångrar att jag missade en del av ert liv. Men jag ska återgälda det genom att finnas med er i resten av ert liv. Jag lovar att aldrig mer försvinna.

Han tittar ut över havet av bord och människor, sedan ler han mot mig.

Jag tittar på min bror som står där, på en scen, på mitt bröllop. Jag trodde aldrig jag skulle få se honom på denna plats, i detta ögonblick.

Sekunden efter så börjar alla gäster att applådera livligt.

Jag applåderar också, men samtidigt så tänker jag igenom talet i mitt huvud. Jag undrade om han verkligen skulle kunna stanna hos mig i resten av mitt liv. Jag var ju ändå drottning nu, och han var en av mina arbetare.

Jacob kysser min kind och gästerna applåderar ännu mer.

Jag och Amanda kommer ut på slottsgården.

Jag hade bytt om till en lavendelblå klänning som räckte ner till knäna

Jacob står bredvid taxin och alla gästerna är flockade runt taxin.

En stor kamera står uppriggad bredvid Jacob.

Jacob tar tag i mina händer och drar mig intill sig. Sedan kliver vi in i taxin och gästerna skingras.

Vi båda vinkar till gästerna, innan taxin börjar rulla och gästerna följer oss till den stora ingångsporten.

Där stannar alla gästerna och låter brudparet åka iväg mot färjan som ska ta dem till deras smekmånad.

Jacob hade sagt att vi skulle vara framme i morgon bitti.

Månen stod högt på himmeln.

Jacob kysser mig och jag lutar mig mot hans axel.

- Jag älskar dig, säger han.

- Jag älskar dig mer.

Taxin kör längs med kusten, och tio minuter senare är vi framme vid färjan.

Chauffören öppnar dörren och vi båda kliver ut, hand i hand.

Vi går upp på den lilla bryggan och går ombord på färjan.

En av kameramännen har följt efter oss, så vi vinkar mot kameran, innan vi går in till trapphuset.

Jacob lyfter upp mig i famnen och vi går upp till vårt sovrum.

Han stänger dörren och låser den.

Han sätter ner mig i rummet.

- Färjan lämnar snart hamnen.

Han ler snett och kysser mig.

Jag besvarar kyssen och vi sätter oss ner på sängen.

Jag lägger armarna om hans hals.

Jag känner plötsligt en oro, och ser honom djupt in i ögonen.

- Älskar du mig, på riktigt? Eller säger du bara så för att göra dina föräldrar och hela Fhystel nöjda?

Han tittar oroligt på mig.

- Varför tror du det?

- Allting känns bara så overkligt.

Han ler, och kysser mig igen.

Nu var vi gifta, och vi kunde ha en riktig, romantisk smekmånad tillsammans.

Vi båda känner att båten startar och en kunglig fanfar hörs över hela Haquin.

Jag ler mot honom, min make. Tanken kändes märklig, och ovan. Jag var gift.

Jag var nu hela Fhystels drottning. Jag hade ett ansvar.

Vi lägger oss ner på sängen, och vi ligger på sidan, med våra ansikten vända mot varandra.

Han fortsätter kyssa mig, och jag har kvar mina armar om hans hals.

Jacob tar ut min fläta med ena handen, och jag känner hur mitt hår faller ner i ett mjukt svall.

Månens ljus strilar in genom svitens fönster.

Kapitel 9

Jag vaknar av att Jacob puttar mig på armen.

Jag vänder upp huvudet mot honom, och ser honom djupt in i ögonen.

- God morgon, älskade.

Jag sätter mig upp i sängen, och han räcker fram ett paket med silverpapper och guldband.

Jag öppnar det och ser en sammetsask. Jag öppnar asken och ser ett halsband med en silverkedja, och en diamant, större än mina båda tumnaglar.

Han ler brett, innan han kysser mig.

Jag besvarar kyssen så kraftigt att jag välter oss båda, och mitt långa hår trasslar in sig i mig.

- Tack.

Snart skulle vi vara framme vid vår smekmånadsbostad.

Vi skulle vara där i en vecka, och Ethan, Amanda och Jacob hade sett till att det var ett ljuvligt ställe för bara mig och Jacob.

Det var en tradition i Fhystel att den som gifte sig med ett konungabarn inte fick veta resmålet innan.

Jacob och jag gick i land på en ö, en ö som jag mycket väl kände till, men jag hade bara sett bilder på den, jag hade aldrig någonsin ens kunnat drömma om att få åka till den.

Ön hette Barlette, och låg ungefär tjugo mil från staden Chigas kust. Chiga var en av Fhystels städer, faktiskt en av konkurrentstäderna, och dessutom försökte staden ofta göra uppror och starta krig mot konungafamiljen,

Barlette tillhörde Fhystel, och ungefär hundra personer bodde på ön.

Jacob tittar på mig när jag chockat ser på Barlette. Barlette var omringad av turkost vatten, och ön var härligt grön av alla träd som var planterade där.

- Ska vi gå mot huset?

Jag nickar.

Vägen dit hade kantats av små strandhus och människor log mot oss och vinkade. De visste antagligen vilka vi var.

Vårt hus låg lite avsides, och var säkert fem gånger större än min mors bungalow.

Jag drar efter andan och vänder mig mot Jacob.

- Mina föräldrar ville ge oss en till bröllopspresent, säger Jacob och flinar åt min förvåning.

- Wow, säger jag eftersom att det är det enda jag får fram.

Han tar min hand och nickar mot huset.

- Ska vi gå in?

Jag nickar.

Direkt när vi kom innanför dörren så såg vi vardagsrummet.

Det var ljust, på grund av de tre stora fönstren.

Jag ser köket, som är inrett i en stil, som är en blandning av modernt och lantligt.

Bredvid köksborden och stolarna, finns en trappa.

Jacob lyfter upp mig i famnen och bär mig uppför trappan till andra våningen.

När vi kommer upp kan jag se en vardagsrumsliknande hall.

Två fåtöljer, och ett litet soffbord, samt tre stora bokhyllor.

Jag ser sovrummet, eftersom dörren är vidöppen.

Jag kan även se minst tre gästrum, och även ett ljus och vackert badrum.

- Det är så vackert härinne.

Han flinar.

- Jag vet.

Jacobs läppar trycks mot mina och jag känner värmen från hans läppar.

Jag besvarar hans kyss och han drar mig intill sig.

Jag känner på mig att något ät på tok, inte här, utan i Haquin. Känslan blir starkare, och jag undrar om jag verkligen har rätt.

Jag sänker blicken, och Jacob tittar oroligt på mig.

- Vad är det som är fel?

Jag biter mig i läppen och möter hans blick.

- Det känns som något ät på tok, i Haquin.

Han skakar på huvudet, och ler snett.

- Mina föräldrar har koll på allt, jag lovar.

Jag känner mig fortfarande både orolig och osäker, men jag litar på honom. Allt var okej, han ljög inte.

Jag kysser honom igen, och han besvarar kyssen.

Kapitel 10

Utanför hyttens fönster kunde jag se Haquins hamn.

Jacob sluter upp bakom mig och kysser min kind.

- Nu är vi hemma, älskade.

Jag ler.

- Ja, vi är hemma nu.

Nu hade min hemlösa själ, äntligen hittat hem, jag hade ett lugn över mig som var svårt att beskriva.

Han tar min hand och vi lämnar hytten, och går mot dörrarna.

Bryggan brer ut sig framför oss, men kameramännen är inte där. Ingen är där, varken Calter, Lucy, Robert, Amanda eller Ethan.

- Varför är de inte här? frågar jag.

- Ingen aning, säger Jacob.

Jag tittar ut över den tomma hamnen.

- Jag hoppas bara att inget har hänt.

Vår taxi står lite längre bort, vi går dit och ser att chauffören är i chock.

Han tittar på oss, sedan startar ha bilen och nickar mot baksätet.

Vi kliver in, och i total tystnad åker vi mot slottet.

Vi kliver in i slottet, och vi ser en skräckslagen Amanda sitta i soffan med rödgråtna ögon och blek hy.

- Jag kunde inte göra något.

Hennes röst är rosslig och hes.

- Han bara tog pistolen, och med tre skott var de döda. Sedan satte han pistolen mot sin tinning, och tryckte av.

Hon vänder sitt ansikte mot köket, där vi kan se fläckar av blod.

- Det är ett mirakel att han inte dödade mig också. Jag är tacksam för det.

Både jag och Jacob står som orörliga i vardagsrummet.

Jag behöver inte fråga, jag vet vilka som dödades. Ändå frågar mina läppar frågan.

- Vem är döda?

Amanda vänder sig mot mig.

- Calter, Lucy och Robert dödades.

Hon tar en kort paus.

- De dödades av Ethan.

Ethan dödade mina föräldrar, och min bror. Sedan dödade han sig själv.

Jag undrar om han var stolt över det, om han tyckte att de tre döda kropparna var troféer.

Jacob hinner inte stoppa min panik, han hinner inte hålla kvar mig.

Med en styrka och snabbhet, som jag inte ens visste att jag hade, släpper jag mina väskor, och rusar upp till vårt sovrum.

Där brakar hela min vackra fasad, som jag byggt upp för att kunna vara drottning, loss.

Jag faller ner på sängen, och lägger mig helt stilla, och tittar upp i taket.

Jag stirrar upp i taket och inombords skriker jag.

Jag tänker på de sista orden de tre sa till mig, men hittar inget. Då ser jag ingen anledning att hålla inne skriket.

Skriket övergår till hulkningar och skrik i ren panik.

Snyftningar och skrik känns som det enda alternativet just nu.

Jag fortsätter skrika, fortsätter hulka, fortsätter snyfta.

- Du lovade, du lovade att finnas hos mig i resten av mitt liv! Du ljög!

Sedan sjunker jag ner på golvet.

- Förlåt, förlåt, förlåt, förlåt.

Det är det enda jag säger. De är de sista orden jag uttalar på flera veckor.

DEL TRE

DÖD

Sorgen är stor, och Lethea lever ett isolerat liv i flera veckor.
Men när hon till slut tar sig ur sängen, och börjar återgå till det normala, så händer något som ingen kunnat förutse.
Allra minst Lethea, som kommer att lämnas med ännu en sorg.

Kapitel 1

Sorg.

Det var det enda jag kände i tre veckor.

Varje natt så vaknade jag av att jag skrek. Jag drömde om att mina föräldrar och min bror sköts rakt framför mig, och att Ethan sedan riktade pistolen mot mig.

Jacob tröstade mig, och såg till att jag somnade om igen.

Amanda satt mest tyst och stirrade tomt framför sig.

Jag talade inte, jag bara skrek och grät.

Jag undrade när min röst skulle ta slut, jag undrade när jag skulle gå under av sorg.

Ofattbart nog så sörjde jag även Ethan. Även om han var orsaken till min sorg, så hade han ändå insett att han gjort fel, annars hade han inte skjutit sig själv.

Jag skriker rakt ut. Jag öppnar inte ens ögonen, jag vet att det är natt. Jag vet att jag bara drömde, men sanningen är så skrämmande lik att jag skriker av rädsla och sorg.

Jacob slår direkt armarna om mig och gungar mig långsamt.

Han drar mig intill sig och jag hyperventilerar av skräck.

Jag öppnar sakta ögonen, och ser ett svagt ljus - antagligen från Jacobs sänglampa.

Jag börjar hulka igen, och sedan faller tårarna nerför mina kinder.

Jacob kysser min kind, och sedan vänder jag mig mot honom, och ser djupt in i hans ögon.

- Jag älskar dig, säger jag med grötig och skrovlig röst.

Han kysser mig, på läpparna denna gången.

- Jag älskar dig mer.

För första gången på flera veckor så tillbringar vi båda en lycklig natt, utan fler skrik eller fler mardrömmar

.

När jag vaknar på morgonen så känner jag samma sorg som innan, men sorgen är något lättare.

Jacob ligger bredvid mig och när jag vänder mig mot honom så ser jag att han flinar snett.

Han kysser mig och jag besvarar kyssen.

Han drar mig intill sig och jag ser hur minnena från natten flimrar förbi.

Vi avbryts av att Josie knackar på dörren.

Jacob flinar.

- Frukosten är serverad, säger han.

Jag kysser honom.

- Kom in! ropar jag och vi ser Josie komma in med en bricka i händerna.

Jag tittar på bungalowen, från vårt sovrumsfönster, och minnena väckts till liv ännu en gång.

Det var två veckor sedan vi hade kommit hem till sorgen, till verkligheten.

Jag hade försökt ta mig ut, men det hade alltid slutat med att jag bröt ihop.

Jag hatade att Ethan hade tagit lyckan, och min familj ifrån mig.

Jag kände mig hopplös, chanslös. Utan en ljus framtid.

Bungalowen kändes som en kula rakt i hjärtat, men jag flyttade mig inte från fönstret, jag stod kvar.

Jag plågade mig själv.

Jacob sluter upp bakom mig och drar mig intill sig.

Han kysser min kind. Jag blir livrädd. Jag drar mig från honom och spärrar upp ögonen. Jag hyperventilerar.

- Älsklig, är du okej?

Jag skakar på huvudet.

- Hamnen, öde, Lucy, Robert, Calter, död.

Jag får inte fram mer, mina läppar känns för tunga för att kunna forma några ord.

Han drar mig intill sig igen, men denna gången protesterar jag inte.

Han kysser mig, denna gånger på läpparna.

- Allt kommer ordna sig, säger han.

Jag vill tro honom.

- Kommer du också lämna mig?

Han skakar på huvudet.

- Aldrig.

Kapitel 2

Vi väcks av att något kommer emot vårt fönster, något hårt.

- Jacob, mumlar jag.

- Sh, stanna här, somna om, allt är okej.

Jag blundar och vänder mig bort.

Jag hör att han drar isär gardinerna, och sedan stannar han till.

Sedan hörs det ljud som jag bara hört i mina drömmar, i mina drömmar om min familjs död. De drömmar då Ethan skjutit min familj, och sedan riktat pistolen mot mig.

Jag hade i hela mitt liv varit livrädd för det ljudet, nu hörde jag det i mitt eget sovrum.

Det var ljudet från en pistol.

Jag kastar mig ur sängen, och hinner se min make, min Jacob, lägga handen på bröstet, och sedan falla bakåt mot det ljusa trägolvet.

Ett skrik, blandat med panik, hysteri och ilska mullrar upp ur min strupe.

NEEJ! JACOB!

Jag kastar mig fram vid hans sida och ser att det ljusa trägolvet färgats rött runt honom, jag kan se hur det röda blir större och större.

- Du lovade, säger jag.

Han grymtar till och möter min blick.

Jag tar hans hand och kramar den hårt. Hans ögon är grumliga.

Runt omkring honom ligger det hundratals småsplitter från fönstret, och ett tiotal stora skärvor.

Jag inser sakta att jag inte kommer att kunna rädda min skadade make.

- Jacob, viskar jag.

Jag visste att han bara hade minuter kvar, kanske till och med bara sekunder.

Han hade blivit skjuten i bröstet, och han skulle inte klara sig.

Han svarar inte, hans ögon är slutna.

- Jag älskar dig, viskar jag.

Han säger inte ett ljud, han ser så fridfull ut, så vacker.

Utan att tänka, så greppar jag en glasskärva, och sätter den vid mitt hår, och drar framåt.

Mitt knälånga hår faller ner och kvar har jag turkost, axellångt hår.

Jag möter min blick i spegeln. Jag har kvar skärvan i handen, och jag kramar den hårt i min hand tills blodet sipprar ut genom min knutna hand. Jag tar hans hand och flätar samman min hand med hans.

Våra båda händer var nu blodiga.

Sedan lägger jag mig på hans axel, och tittar upp i taket, samtidigt som tårarna forsar nerför mina kinder i en fart så snabb, att jag nästan inte kan se.

Jag vaknar av att Amanda skriker rakt ut, hennes skrik är så skräckslaget att jag direkt övertygas om att jag inte bara drömde. Jacob var verkligen död.

På riktigt.

Jag öppnar ögonen och ser Jacobs lugna ansikte, hans fridfulla ansiktsuttryck.

Jag kysser hans kind, och Amanda skriker inte längre.

Hon sätter sig ner, och hon nuddar vid min arm. Det är först nu som jag på riktigt lägger märke till henne.

- Amanda, piper jag och kastar mig mot henne.

Mina tårar är slut, jag kan inte gråta mer. Jag bara gnäller tyst, och kramar Amanda.

- Varför?

Jag hade tydligen inte slut på tårar för nu forsar de nerför mina kinder.

- Jag lät honom dö, jag stannade kvar när han reste sig!

Jag kan knappt prata, men jag tvingar fram orden genom mina läppar.

- Jag lät honom dö, snörvlar jag.

Amanda ser mig i ögonen. Hennes ögon är grumliga av tårar.

- Lethea, ditt hår är brunt.

Jag vänder mig mot spegeln och ser mitt rödgråtna ansikte.

Hon hade rätt. Mitt hår var mörkbrunt nu.

Jag testar att sätta min högerhand mot sängen och tänker: "Frys".

Inget händer.

Förbannelsen var bruten, och Jacob var död.

Mina föräldrar och min bror var också döda. Ethan hade skjutit sig själv, och mitt liv hade rasat samman.

Jag visste inte längre vem jag var.

- Ska jag gå, eller vill du att jag ska vara kvar?

Jag vänder mig mot Amanda.

- Jag skulle behöva vara lite själv.

Hon nickar och lämnar rummet.

Så fort hon gått så kastar jag mig ner vid Jacobs sida och tar has huvud i mina händer.

- Jag älskar dig, viskar jag.

Sedan bryter jag ihop. Jag börjar skrika, och gråta.

Kapitel 3

- Jacob, viskar jag.

Jag ser hans ansikte framför mig.

Han kommer mot mig, med ett brett leende på läpparna.

- Jacob!

Jag kastar mig om hans hals. Vi båda välter och ramlar ner på ängen.

Han kysser mig, och allt känns så äkta, så vackert, så verkligt.

- Drömmer jag?

Han nickar. Han får något sorgset i blicken.

- Är du fortfarande död?

Han nickar igen, och denna gånger ser jag att han är sorgsen.

- Hur kan jag då se dig? Hur kan jag då känna värmen från dina läppar mot mina?

Han kysser mig igen, och denna gången så drar han mig intill sig.

Jag kysser honom, och han flinar. Han sätter sig upp och fortsätter kyssa mig.

Plötsligt hör jag ett pistolskott, och Jacob faller genast ner mot marken.

Jag slår upp ögonen och skriker rakt ut.

Min kropp skakar av rädsla, och jag skriker av
sorg, och saknad.

Jag känner att tårar rinner längs med mina kin-
der.

- Jacob, jag älskar dig, viskar jag.

Snart skulle begravningen hållas i Haquins
kungliga kyrka, där alla kungliga begravdes.

Jag visste inte om jag skulle klara av att ens stå på
benen då.

Men jag skulle dit, om jag så skulle bäras ut, så
skulle jag vara där. Jag skulle hedra min make. Han
hade gett mig så mycket när han hade levt, så jag
kände att jag måste få ta ett sista farväl, se honom en
sista gång, få bort de sista minnena, en blodig Jacob,
från min näthinna.

Jag känner hur ännu ett skrik mullrar upp längs
med min strupe, och jag skriker ett skrik av sorg,
smärta och saknad.

Jag greppar tag i kudden och slänger iväg den
mot det andra sovrumsfönstret, det som sitter
bredvid det som skadades av kulan.

- Neeeeeej! Jag älskar dig ju!

Jag vrålar ett gällt, men samtidigt kraftfullt vrål,
som får hela min kropp att skaka.

Jag hostar till och det droppar ner två droppar
blod från min mun.

Jag har ingen aning om solen har gått upp, för
gardinerna är fördragna.

Jag vill inte se omvärlden mer, om jag inte måste.
Och det måste jag snart.

Begravningen är om fem dagar. Då måste jag se alla de som var på vårt bröllop, och jag måste se alla korkade kameror som ska filma hela begravningen.

Kameramännen kunde inte låta mig och Amanda vara ifred, inte ens när min make, och Amandas son skulle begravas. Jag tyckte det var respektlöst.

Just nu ville jag inte se omvärlden. I sovrummet så kändes allting så tryggt. Ingen kunde skada mig här.

Dessutom så skulle jag fylla nitton snart, och då skulle väl kameramännen filma det också.

Jag försökte bearbeta sorgen, jag försökte gå vidare, men det har bara gått en vecka. Jag har inte sörjt färdigt. Jag vet inte ens om jag någonsin kommer kunna gå vidare.

Jacob var mitt allt. Han var allt jag hade efter det att min övriga familj dödats av min svärfar, som sedan sköt sig själv.

Alla, förutom Amanda, hade lämnat mig ensam i denna värld. Denna värld som nu var så grym, kall och hård att jag nästan inte kunde öppna ögonen på morgonen.

Allting kände så värdelöst.

Allting kändes som den värsta mardrömmen jag någonsin kunnat föreställa mig, och jag hade absolut inte kunnat föreställa mig att detta skulle hända.

I så fall så hade jag gjort allt för att stoppa det.

Amanda bearbetade sorgen genom att ringa till Fhystels alla poliser, och de var Jacobs mördare på spåren.

Men det gjorde inte mig gladare, tvärtom. Om de skulle få tag i mördaren så skulle det vara värre än om han fick gå på fri fot. Jag skulle få se hans ansikte förr eller senare. Jag skulle få se hans ögon, och få se ansiktet på den som dödade min själ, mitt hjärta.

Jag är inte så säker på att jag skulle klara av det. Jag är för svag för det.

Det finns en gräns för hur mycket smärta och sorg en människa kan klara av. Jag har nog nått den gränsen nu.

Sen hade jag ju varit förtrollad, men det var jag inte längre. Jag hade brutit förbannelsen.

Jag vänder mig om och andas djupt.

Sedan lägger jag handen på Jacobs sida av sängen.

Jag greppar tag i täcket och kramar det hårt.

- Jag älskar dig.

Jag hör det svaga ljudet av tårar som droppar ner i mitt täcke.

- Jag saknar dig.

Kapitel 4

Jag bär en svart cape, med en lång, svart silkesklänning och platta ballerinaskor.

Kameramännen följer efter oss och filmar i direktsändning.

Amanda går bredvid mig och vi har båda samma sorgsna, fokuserade ansiktsuttryck.

Kyrkan, som är mycket ståtligare än den lilla vi hade i Bherka, tornar upp sig framför oss och jag tar ett djupt andetag.

Vi båda stannar och Amanda vänder mig mot henne. Vi kan se att vi är de sista som kommer till kyrkan. Alla andra sitter ner och väntar på oss.

- Är du redo?

Jag nickar.

Jag vet om att detta kommer att sändas ut direkt i hela Fhystel, men ändå vänder jag mig mot kamerorna och säger orden:

- Jag hoppas att de hittar den där kallblodiga mördaren. Han ska få sitt straff, det ska jag se till!

Sedan vänder jag på klacken och går in i kyrkan med Amanda tätt efter mig.

Vi går fram till den första raden, men jag stelnar till när jag ser den öppna kistan.

Jacob ser så fridfull ut, så lycklig.

- Varför är du så lycklig? Du lever ju för helvete utan mig! skriker jag och alla gästerna i kyrkan tittar på mig.

Prästen harklar sig, sedan tar Amanda min arm och vi sätter oss ner.

Jag upptäcker att jag gråter igen.

En otroligt vacker och känslosam melodi börjar spelas.

Prästen börjar sedan ceremonin, men jag lyssnar inte. Istället försöker jag tänka ut ett tal, ett tal som kan summera allt jag känner, all den sorg jag upplever.

Precis innan nästan melodi ska börja spelas så reser jag mig hastigt upp.

- Vänta! Jag vill gärna säga några ord.

Prästen ler vänligt, och nickar mot podiumet som är till för de som vill hålla tal.

Sedan tar han några steg bort, och följer varje rörelse jag gör.

Jag ställer mig på podiumet och harklar mig, jag torkar bort tårarna, fast de fortsätter forsa nerför kinderna.

- Jacob, du var mitt allt. Jag kunde inte ens i min vildaste fantasi föreställa mig hur det skulle vara att leva utan dig, men nu är du död, och jag måste leva utan dig. Du knackade på min dörr, sa att du ville lära dig mer om skogens djur, jag sa att jag kunde göra det, men mot ett högt pris. Sedan fastnade vi under marken, när vi flydde från en skenande hjord. Jag lärde mig konsten att överleva utan nog med mat och vatten, men jag lärde mig även att älska dig. Du förändrade mig, och min tillvaro, Jacob. Du gjorde mig till den jag är idag, till Fhystels drottning. Du fick mig att känna mig älskad, du gav mig allt en kvinna kan begära. Du gjorde mig till din. Du gav mig skratt, du gav mig lycka. Du var den make som jag hade drömt om. Tillsammans var vi oslagbara, och det är vi fortfarande.

Jag harklar mig, och försöker samla mig, men min röst låter hysterisk och grötig.

- Jacob, jag hörde skottet, jag såg dig falla till marken och jag såg dig dö. Jag kommer aldrig kunna förlåta mig själv för att jag stannade kvar, när du reste dig och gick mot fönstret. Jag kommer aldrig kunna glömma dig. Du gav mig ett helt nytt liv, du gav mig rollen som drottning, du gav mig allt.

Jag hör hur hemsk jag låter och jag går ner från podiumet, och ställer mig bredvid kistan.

Jag lyfter upp Jacobs hand.

- Tack för att du räddade mig.

Jag släpper hans hand, sedan går jag tillbaka till min plats, och sätter mig bredvid Amanda.

- Jag kommer aldrig kunna klara mig utan honom, viskar jag.

Jag hör hur alla applåderar runt omkring oss, till och med prästen.

Då känner jag hur hela min kropp exploderar av saknad, sorg och ilska och jag känner att jag brister.

Mina händer börjar skaka och jag känner att mitt hjärta slår fortare än någonsin.

Jag känner att paniken sköljer över mig som en våg av iskallt vatten.

Jag försöker andas, men det är svårt, och nu mår jag dessutom illa.

Illamåendet blir bara värre och jag försöker bita ihop den sista kvarten av begravningen.

Tårarna bara rinner, jag försöker inte ens stoppa dem.

Jag känner mig uppgiven, ensam och totalt knockad.

Ingen hade ordnat någon begravning åt min familj, fast de hade ordnat en åt Ethan, men jag var för arg på honom för att vilja gå.

Han utplånade nästan hela min familj. Han tog livet av sig. Han dog själv. Jag visste inte vilket jag hatade mest, vad han gjort min familj, eller att han tog livet av sig.

Jag hade precis insett att han var en vänlig själ, han var min svärfar, men jag avskydde vad han hade gjort.

Men Jacob hade gått på Ethans begravning, han hade tvingat sig, trots att han också hatade vad han hade gjort mot mig, mot Amanda, mot Fhystel.

Jag stirrar ner i toaletten. Amanda står strax bakom mig, och följer oroligt varje rörelse jag gör.

Jag hostar till och sätter mig ner på toalettgolvet.

Jag mådde okej nu, jag hade spytt, men jag mådde bra.

Amandas ansikte spricker upp i ett leende.

- Jag tror att jag måste ringa vår personliga doktor, säger hon.

- Varför? Det är säkert bara något jag ätit...

- Nej! avbryter hon mig.

- Jag tror att du kan vara gravid, fortsätter hon och går ut ur rummet.

Jag sitter kvar, alldeles orörlig. Jag är i total chock.

Kapitel 5

Detta var första gången som jag träffade Dr Shuman. Han var lång, blond, med kraftigt gröna ögon.

Han frågade hur jag mådde, förutom illamåendet.

Jag försökte övertala de båda om att jag mådde fint, och att de inte behövde ödsla tid, men de var envisa, och jag fick ge upp.

Men beskedet som Dr Shuman gav mig, efter två timmars grundlig utfrågning, var att Amanda hade haft rätt.

Jag blev chockad när han sa det.

Dr Shuman och Amanda lämnar båda rummet, och jag reser mig upp från sängen och går fram till spegeln.

Jag sätter två, skakiga händer på min mage och möter min egen blick i spegeln.

- Jag ska ta hand om dig, min älskade, mumlar jag.

Jag ser återigen mitt söndergråtna ansikte, och blir rädd för barnet.

- Jag ska gå vidare, för dig, viskar jag, nästan ljudlöst.

- Jag hoppas du klarar dig med bara en förälder.

I precis samma sekund som jag uttalar orden så får jag en panikattack så stark att jag undrar om jag ska få missfall.

Tårarna forsar nerför mina kinder och jag känner mig ensam, jag hade inte Jacob, mitt barn hade ingen far.

Jag sitter på baksidan av slottet och ser bungalowen min mor bott i.

Regnet öser ner, men jag bryr mig inte om kylan.

Jag reser mig och går till den plats som jag inte varit kapabel att gå till efter Jacobs död.

Bröllopsplatsen.

Alla borden och stolarna från bröllopsfesten var borta, och dekorationerna i pilarna också, men alla bänkarna, och det stola valvet var kvar. De fanns alltid där, för det var en så otroligt vacker plats.

Jag går längs altargången och alla minnen flimrar förbi i mitt huvud.

Jag kan nästan höra musiken från flygeln, flygeln som nu var borta.

Jacob, viskar jag.

Jag kliver upp på den lilla scenen som byggts upp alldeles utanför slottet, endast för detta ändamål, och ser ut över folkhavet som bildats, och alla kameror som filmar vartenda steg jag tar.

- Vem kunde ana att detta skulle hända? Vem kunde ana att detta skulle hända, bara några veckor efter bröllopet? Och vem kunde ana att jag nu, trots allt som hänt, bär på en del av ert nästa konungapar?

Jag tar en paus och ser ut över folket.

Jag hade bett om att få hålla ett tal, med tanke på vad som hade hänt.

- Ni måste lova mig en sak. Att aldrig svika mig. Tillsammans ska vi alla leda detta landet, och vi ska alla vara sams, okej? Kan ni lova mig det?

Folkhavet börjar sakta att nicka stilla.

- Bra. Jag förlorade mitt livs kärlek, min första, och enda kärlek, min man och fadern till mitt barn. Och det värsta är att när jag förlorade min mor, min far, min bror och min svärfar, så trodde jag inte att jag någonsin skulle klara av minsta lilla sorg i livet. Men jag tvingades klara av den största och mest otänkbara sorg, en sorg som jag aldrig kunnat förutse. Men jag tänker inte ge vika för döden, jag tänker fortsätta vara drottning, mamma och svärdotter. För jag vet att det är vad Jacob hade velat. Jag önskar bara att han fick se det med egna ögon.

Precis när jag uttalat de sista orden så blåser det förbi ett gäng med löv, som sedan försvinner.

Men jag hinner höra vinden viska:

- Jag ser allt du gör, Lethea.

Jag följer vinden med blicken.

- Jacob? viskar jag.

Jag kliver ner från scenen och följer efter löven.

Amanda beordrar kameramännen att sluta filma.

Men jag varken hör eller ser något annat än vinden, och dess virvlande löv.

Vinden försvinner in i skogen, men jag hittar den fort igen.

Den stannar i en glänta, och börjar istället snurra runt i en virvel, i extrem fart.

Från virveln av löv hörs det en röst:

- Ett krig är på väg. När nästa regnbåge syns på himmelen, då anfaller Chigas och Imulds folk. De tror att det var du som dödat Jacob, att du är skyldig till att de inte längre har en konung. Var redo att slåss och kämpa in i döden.

Sedan landar löven tvärt på marken, och jag står kvar alldeles chockad.

Kapitel 6

Amandas blick är fokuserad.

- Vi måste göra oss redo. Haquins folk får bli våra krigare.

- Ska vi kriga själva?

Amanda nickar.

- Det måste vi, annars blir det bara värre.

Jag tittar ner på min mage. Jag var i sjuttonde veckan.

- Lethea, jag har bara sett två regnbågar i hela mitt liv. Och det skiljde nio år mellan dem. Regnbågar är ovanliga här.

- När såg du en senast?

Hon ler väldigt svagt.

- Ungefär sju år sedan.

Jag nickar långsamt.

- Tror du Haquins folk går med på att kriga? Jag vill inte tvinga dem, då kanske de också gör uppror, tillsammans med Chiga och Imuld.

- Lethea, Haquins folk har för länge sedan, när Jacob var bebis, sagt att de alltid ska skydda, och kämpa för konungafamiljen, de lovade vid sitt eget liv.

Vi står tysta ett tag.

- Men efter kriget, tror du fler städer kommer göra uppror mot oss då? Kommer andra städer bli inspirerade att sänka, och förgöra konungafamiljen?

Hon tittar på mig och ser uppgiven ut.

- Du och jag, vi är inte män, vi är inte rustade att kriga. Och Haquins folk har aldrig tränats förut. Chigas och Imuld är två städer, vi är bara en. Båda städerna är konkurrentstäder, båda är beredda att kriga närsomhelst, de är rustade för att närsomhelst anfalla oss. De har aldrig anfallit oss förr, men de har alltid varit beredda på det. Vi kommer inte vinna kriget. Jag är ledsen, men du kommer iallafall att få vara där Jacob är.

Hon går uppför trappan, och stänger dörren till sitt rum, men jag står kvar i vardagsrummet, alldeles förskräckt, förkrossad, och mållös.

Jag vaknar mitt i natten av att jag hör ett pistolskott.

Jag är väl medveten om att det bara är inbillning, men det känns så äkta.

Nu var allting kaos. Jacob var borta, mitt barn skulle dödas, antingen innan det ens var fött, eller som bebis. Jag skulle dödas. Hela Haquin skulle totalt ödeläggas inom en snar framtid.

Jag var snart i tjugonde veckan. Och jag var rädd att mitt barn skulle dö.

Jag visste inte hur jag skulle kunna skydda mitt barn.

Jag tittar ut över Haquins folk, och jag ser deras trofasta blickar, och de alla nickar.

Jag står på den scenen som alltid används när konungafamiljen ska sända ut nyheter.

- Vi slåss med er in i döden!

Jag ler svagt.

- Ni ska isåfall alla tränas, för att vara redo, och så fort er nya tronarvinge fötts, så ska även jag tränas.

Jag tittar ut över mitt folk.

- Och de starkaste männen i Haquin ska hjälpa oss och vi ska alla vara redo när regnbågsdagen kommer!

Jag kan se att fyra väldigt muskulösa män nickar stolt.

En av dem fångar min uppmärksamhet. Han är nog den kraftigaste av dem, och hans ögon ser exakt ut som Jacobs.

- Någon av er kommer bli min efterträdare när jag dör i kriget, så ni måste alla vara starka. Ni måste överleva och ta över tronen efter kriget. Jag vet att ni klarar det, ni är starkare än de.

Jag tittar på mannen igen, och då känner jag hur alla känslor väller upp inom mig.

Mina ögon fylls med tårar och jag tittar stint på honom.

Han tittar tillbaka, minst lika fokuserat.

Jag känner tårarna rinna nerför mina kinder.

- Vad kommer att hända med dig då? Vi kan träna dig också.

- Det är inte lönt, jag kommer ändå att dö direkt. Ni har levt här längre än jag gjort, ni är bättre rustade än vad jag är.

Mannen tittar på mig.

- Du är minst lika viktig för oss som vi är för dig.

Jag fram längst ut på scenen.

– Vi hjälper dig så gott vi kan, går du med på att försöka överleva då?

Jag funderar en stund, sedan biter jag mig i läppen och nickar.

Han ler, och jag ler tillbaks.

– Vad är ditt namn?

– Carlos.

Han kliver fram, och ställer sig precis nedanför scenen. Sedan sträcker han ut sin hand och tittar uppfodrande på mig.

Kapitel 7

Carlos ler mot mig samtidigt som han svingar sitt svärd mot ett tråd. så att det blir ett djupt hugg i stammen.

Sedan flinar han mot mig och säger:

- Prova du.

Jag greppar tag i hans svärd, och hugger på det ställe där han huggit innan. Trädet faller till marken och Carlos applåderar.

Han ger mig en snabb kram, och ler brett.

- Du är bra på detta ju!

Vi hade övat i nästan två månader nu. Och vi hade kommit varandra riktigt nära, vi var som bästa vänner.

Jag backar några steg, sedan tittar jag på honom.

- Tack, säger jag generat.

Jag backar några steg till, men snubblar på en stubbe och är nära att falla, men Carlos fångar mig.

- Vi kanske ska sluta för idag.

Han var så otroligt lik min förlorade ängel, min Jacob.

Han stannar upp och tittar djupt in i mina ögon.

Hans ögon får mig att tappa andan.

Han ser orolig ut, och hans grepp om mig blir hårdare.

Hans ansikte kommer närmare mitt, och han ser mig djupt in i ögonen hela tiden.

Hans läppar snuddar vid mina, och jag vänder bort huvudet.

Han tittar på mig, och reser sig upp. Sedan drar han upp mig på fötter.

- Förlåt, jag vet inte vad jag tänkte på, du har inte kommit över Jacob ännu...

Jag avbryter honom.

- Nej, och det kommer jag aldrig att göra, han var min make, Carlos. Ingenting kommer någonsin att bli som vanligt igen.

Jag vänder mig om och springer.

Jag börjar känna mig yr, men jag fortsätter springa ändå.

Jag börjar hyperventilera.

Jag hör hur Carlos ropar mitt namn, och jag mår ännu sämre. Jag ville inte riskera att svika honom igen.

Innerst inne så kände jag likadant, men jag skulle svika Jacob.

Jag sluter ögonen i panik, och märker inte att marken börjar slutta.

Jag faller rakt fram, och slår i käken i marken. Sedan försöker jag resa mig upp, för att försöka ta reda på om mitt barn klarat fallet. Men precis när jag rest mig upp, så halkar jag, och faller baklänges.

Jag slår i huvudet i marken.

Jag skriker rakt ut.

Carlos lyfter upp den livlösa Lethea.

Han ser på hennes ansikte. Det är alldeles blekt.

- Nej, mumlar han.

Plötsligt minns han konungabröllopet, han minns hur lyckliga de två varit när de gift sig.

Och han minns hur avundsjuk han varit på Jacob, för att han kunde leva med Lethea, och inte han.

Han minns alla gånger han önskat att han kunde hitta någon ny, att han kunde komma över sin kärlek till Lethea.

När jag vaknar upp så är allt suddigt.

Jag försöker minnas var jag är, och varför.

Jag ser Carlos ryggtavla och han skakar.

Runt mig ligger det blommor, violer. Jag ser att jag ligger precis nedanför sluttningen, den sluttningen som jag föll, och antagligen ramlat nerför innan.

Jag hade aldrig varit på denna ängen förut, men allt var så vackert, speciellt så var sluttningen så vacker, och sagolik, den gjorde allting så mycket vackrare.

Jag känner mig yr, och jag mår mycket sämre än förut.

- Carlos, viskar jag.

Först vänder han sig inte ens om, men när jag mumlat hans namn igen så vänder han sig om och tittar på mig.

- Carlos, jag mår hemskt.

Han tar min hand.

- Men DU lever iallafall. Jag trodde du var på väg att dö.

Jag blir rörd, det var därför han skakade, han grät.

- Hur länge har du suttit här?

- Några timmar.

Men plötsligt upptäcker jag hans betoning på DU.

- Mitt barn? Det enda jag minns är att det högg till i min mage, och sen minns jag inte mer.

Han drar upp mig i sittande ställning, och kramar mig

Jag förstår vad som hänt. Jag hade förlorat det enda jag hade kvar från Jacob.

Jag känner droppar rinna längsmed min rygg.

- Höll jag på att stryka med?

Det dröjer ett tag innan han svarar.

- Ja. Du blödde från huvudet, du slog i stenen där borta, och jag var säker på att du var död, vi måste till en doktor för att se att du inte är skadad allvarligt.

Han nickar mot en stor sten bara några meter ifrån mig, en bit upp i sluttningen.

Han möter min blick.

- Och det värsta var att så fort jag hörde ditt skrik, så rusade jag mot dig, och när jag såg att du var medvetslös och att jag inte kunde göra något, så försökte jag ta reda på om ditt barn levde. Och när jag inte hade känt en enda rörelse på säkert tjugo minuter då visste jag. Och när jag sen såg ditt bleka ansikte och dina svagt blåa läppar, så trodde jag att allt var förlorat. Mitt enda hopp i striden var borta.

Jag tittar på hans ansikte. Jag känner hur tårar rinner nerför mina kinder.

- Nu har jag nästan inga minnen kvar från Jacob. Jag har inget barn längre, jag är ingenting längre.

Carlos tittar länge på mig.

- Du är Fhystels drottning.

Jag tittar på honom.

- Allt och alla jag älskar är borta, Amanda är den enda jag har kvar.

Jag väntar en stund innan jag säger det sista.

- Och du.

- Carlos tittar på mig länge. Jag gissar på att han försöker avgöra om det jag sa betyder att hans känslor är besvarade, eller om jag bara vill att vi ska vara vänner.

Jag har ännu inte riktigt hämtat mig från chocken att jag fått missfall. Allting känns uppochner. Allt känns så overkligt. Jag vill gråta, men det känns som om jag inte har några tårar kvar.

- Om det blev en kille skulle han heta Calter, och om det blev en tjej, så skulle hon heta Naomi.

Han ler svagt mot mig, och jag känner hur mitt hjärta slår.

- Jag vet varken ut eller in, Carlos. Jag har förlorat mina föräldrar, min bror, min make och nu mitt barn, hur kan jag då vara säker på att inte du försvinner också? Ja, jag gillar dig verkligen, men jag vågar inte älska någon igen, för jag kan aldrig veta när den personen också ska försvinna.

- Jag kan bli en ny del av ditt liv.

Jag tar hans ansikte i mina händer.

- Jag vet.

Han tittar på mig.

- Jag önskar bara att jag kunde få vara din, den lugna och säkra tiden vi har kvar, innan striden.

Nu kommer tårarna.

- Jag vet, men jag är rädd att förlora dig.

Vi sitter tysta en stund.

- Kan jag åtminstone få kyssa dig? Bara en endaste gång?

Jag nickar och smeker hans kind.

- Ja.

Hans läppar nuddar mina, och jag känner direkt att vad som än händer, så kommer jag älska Carlos, så som jag älskade Jacob. Jag inser också att Jacob nog är lycklig, så länge jag är det. Jag inser att det kvittar om vi får en vecka tillsammans eller om vi får flera decennium tillsammans, vi hör ihop på samma sätt som Jacob och jag hörde ihop. Jag behövde inte vara rädd längre.

Jag besvarar hans kyss och våra fingrar flätas samman.

Kapitel 8

Vi kommer in genom dörren och Carlos skrattar till, av lättnad.

Läkaren hade sagt att jag inte var allvarligt skadad, men att jag borde ta det lugnt i några dagar

Amanda skiner upp som en sol när hon får se mig och Carlos komma innanför dörren.

Våra händer är sammanflätade, och Carlos ler stolt.

Carlos hade fått bo i vår bungalow medan han tränade mig, så jag gissade på att Amanda undrat om vi skulle bli ett par eller inte.

- Detta måste firas! En bal för Haquins folk!

- Det låter bra men med tanke på omständigheterna så kanske "fira" är fel ord, säger Carlos.

Amanda tittar förbryllat på oss.

- Hur menar ni?

Jag tar ett djupt andetag.

- Amanda kan du ringa Dr Shuman?

Hon tittar oroligt på mig.

- Jag ramlade i skogen, och störtade ner från en sluttning, och...

Det brister, jag börjar gråta.

- Ursäkta mig, mumlar jag och springer uppför trappan, in i mitt sovrum.

Jag sliter upp den översta byrålådan och tar fram halsbandet jag fått av Jacob första morgonen som gifta.

Jag håller det hårt i handen.

- Du lovade, min ängel, du lovade.

Jag sluter ögonen, och öppnar de sedan igen.

- Och nu är mitt barn med dig. Jag har inget minne kvar av dig.

Dörren öppnas och mina ögon är fyllda med tårar.

Carlos rusar mot mig och kramar mig länge.

- Detta skulle gå i arv, säger jag och visar halsbandet jag har i händerna.

Han fortsätter krama mig.

- Vi kanske kan ha en bal ändå? För att hedra, och fira?

- Det kommer bli en riktigt fin bal, eller hur, det är vad Amanda planerat?

Han nickar.

- Nåväl, hennes arbete kanske inte ska gå till spillo.

Han ler svagt och kysser mig.

- Jag älskar dig, och jag kan nästan lova att du kommer älska balen.

- Jag tror dig, och jag ser fram emot det, men jag kan fortfarande inte fatta att mitt barn är borta. Och för varje dag som går så kommer vi närmare striden, den strid där jag med stor säkerhet kommer dö. Är du säker på att du vill vara tillsammans med mig? Jag vill inte att du ska bli sårad, men när jag dör i den striden, är du säker på att du vill utsätta dig för den smärtan? Jag vet hur det är att förlora någon du älskar, någon du inte kan leva utan, och du ser ju hur jag har blivit efter Jacobs död.

Jag tar en kort paus innan jag fortsätter.

- Du vet innan idag, på ängen, när jag sa att jag är rädd att förlora dig. Sanningen är att jag inte vill att du ska bli sårad, sen när striden kommer och jag dör.

Carlos blick blir glansig.

- Varför säger du hela tiden att du ska dö?

- För jag kommer dö, jag är inte stark nog att överleva, jag vet att jag inte är stark nog, det kvittar hur mycket du än tränar mig, jag är för svag rent psykiskt.

Carlos tar min hand.

- Jag har älskat dig sedan du kom till Haquin. Från första gången jag såg dig så bestämde jag att jag alltid skulle beskydda dig, vad som än hände.

Jag blir rörd.

- Det måste ha varit hemskt på mitt och Jacobs bröllop, eller hur?

Han nickar långsamt.

- Samma dag som ni åkte iväg på er smekmånad, så flyttade jag till din gamla hemstad, Bherka, för att se dig varje dag var för jobbigt, när jag visste att du aldrig kunde bli min. Men bara några dagar efter att jag hade flyttat så ringde min mor, hon berättade för mig vad Ethan hade gjort, mot din familj, och mot sig själv. Då bestämde jag mig för att flytta tillbaka, så att jag kunde ge dig mitt stöd om du behövde det.

- Men jag bad er aldrig om stöd, för jag hann inte innan Jacob också dog, allting gick så fort.

- När Jacob dog, så gav jag upp. Jag skulle fortfarande beskydda dig, men jag gav upp mina förhoppningar om att en dag iallafall få vara din vän. Du var alldeles för knäckt för att någonsin ens kunna vara min vän. Jag led verkligen med dig, Lethea, jag önskade så att jag kunde ta tillbaks honom från de döda, för din skull.

- Carlos, jag älsk..

Jag känner ett plötsligt hugg, ungefär där hjärtat sitter, jag hostar till och faller ihop i Carlos utsträckta, skakiga armar.

Del 4

Väntan

Letheas förbannelse försvann aldrig, och nu har den försatt henne i en koma-liknande sömn som förbryllar Haquins folk.

Samtidigt så måste de alla förbereda sig inför den kommande striden.

Kapitel 1

UR CARLOS PERSPEKTIV:

Hon var så vacker.

Hennes bruna hår var utsläppt och låg i mjuka lockar.

Amanda kommer in i rummet.

- Visst är hon vacker, säger jag.

Jag tittar på min älskade.

- Vad sa doktorn?

- Hon är inte död, hon sover, det är någon slags koma, fast hon dör inte av den, hon sover bara väldigt länge. Du känner väl till att hon hade en förbannelse över sig innan?

Jag nickar.

- Den bröts tydligen aldrig. Han sa också att ända sedan Lethea flyttade hit, så har han studerat hennes förbannelse, den så kallade "Isförbannelsen". Och det som Lethea har råkat ut för, det kunde hänt närsomhelst, det kunde lika gärna ha hänt när hon var fjorton år, detta hör till hennes förbannelse.

- Sa han hur länge det kommer vara?

- Det är olika, allt mellan en vecka till decennier.

- Men är det verkligen så många som har denna förbannelse så att man kan forska om den?

Amanda ler svagt.

- Det finns ganska många i våra grannländer.

- Vad kan vi göra?

- Vi kan bara vänta, och hoppas på det bästa.

Jag tar Letheas hand.

Hon är så obegripligt vacker, hon är som en ängel, en levande ängel.

Jag ler stolt mot Lethea.

Jag ska lämna er två ensamma, säger Amanda och lämnar rummet.

Jag tittar på min sovande ängel.

Amanda har bytt ut hennes gamla kläder till hennes otroligt vackra brudklänning.

Hon har även fixat hela rummet så det är ännu vackrare än förut.

Samtidigt som Amanda bytte hennes kläder så ordnade hon hennes hår, och hon plockade även en ros som hon lade i Letheas samlade händer.

Jag vill inget annat än att kyssa henne, men jag vill inte utsätta hennes liv för någon risk.

Jag reser mig upp, går fram till fönstret och drar för gardinerna, så det enda ljuset är kristallkronan i taket.

Jag försöker minnas hur hennes skratt lät, men jag kan inte, hon har sovit så länge, i nästan en månad.

Hennes hud är alldeles blek, som om hon vore död.

Amanda har antingen målat hennes läppar röda, eller så är de naturligt röda.

Snart kommer det en regnbåge, och en strid.

Jag tar en kort paus, och tittar på hennes fridfulla ansikte.

Är du min ängel?

Hon svarar inte, men jag ser på hennes ansikte att hon vill svara.

Ska jag strida själv?

Jag böjer mig ner mot hennes ansikte, låter mina läppar nudda hennes.

Hon öppnar inte ögonen, inget händer.

Det funkade inte.

Hon vaknade inte av kyssen.

Kapitel 2

Mitt uppdrag blev att träna Amanda inför den kommande striden. Hon var enkel att träna. hon var redan stark. Både fysiskt och psykiskt.

Letheas tillstånd förändrades inte, hon förblev i sitt koma-liknande tillstånd.

Det hade snart gått två månader sedan hon föll ner i mina armar, livlös och alldeles blek.

Nästan varje dag kom någon med blommor till henne, så hela sovrummet var nu fyllt av de vackraste blommor jag sett i hela mitt liv.

Balen som Amanda planerat skulle ägt rum i morgon, men den har hon avbokat, huvudpersonen låg ju i en koma som kunde vara i fler decennier.

När hon vaknar kan alla hon känner vara borta. Om vi alla har otur.

Lethea behöll sin ofattbara skönhet och hon såg lika fridfull ut, hon ändrades inte i ansiktet.

Hon var vacker, men samtidigt kände jag mig tom varje gång jag såg på henne. Att hennes ansikte inte ändrades betydde antagligen att hon inte hade några planer på att vakna.

Hur skulle jag klara av striden utan henne?

Om det bara fanns något sätt att få henne att vakna.

Jag hör dörren slå igen bakom mig när jag går ut ur slottet.

Jag tittar mot den lilla dungen där Jacob och Lethea haft sitt magnifika bröllop.

Den såg öde ut. Som om den var totalt bortglömd.

Valvet som stod vid altaret hade gått från vackert rosinklätt och vitt, till orange, och rosorna var vissna.

Jag minns hur jag och min mor tittat på bröllopet på vår teve. Ví hade, liksom de flesta andra i Fhystel, förundrats över Lethea och Jacobs starka och villkorslösa kärlek.

Nu var de båda döda. Även om Lethea bara sov, så var det som om hon var död.

Jag skulle hinna dö innan hon vaknade. Allt pekade på att det skulle bli så.

Jag var orolig över hur Letheas liv skulle bli sen när hon vaknade, alla hon älskar skulle vara borta, hela Haquin skulle vara utplånat av Chiga och Imuld, och allt skulle vara livlöst.

Det värsta var att jag inte kunde göra något, jag kunde inte stoppa det.

Chiga och Imuld skulle utplåna oss alla, kanske skulle de till och med mörda Lethea, innan hon ens vaknat. Då skulle hon iallafall få en lugn död, en någorlunda smärtfri död.

Jag går längsmed altargången, och minns hur vacker dungen en gång har varit,

Hur lyckliga konungaparet var dagen då de blev man och hustru.

Hur mycket jag önskat att det var jag som gick där istället för Jacob.

Jag minns att jag hade flyttat samma dag de åkt iväg på sin resa.

Sen ringde min mor och sa att Letheas föräldrar och hennes bror hade blivit dödade av Ethan, som sedan skjutit sig själv,

Då led jag med Lethea. Jag delade hennes sorg och önskade att jag kunde hämnas på Ethan, men jag visste att jag aldrig skulle kunna hämnas mot den man som förstört hennes familj.

När Jacob sedan dog, då anmälde jag mig som frivillig att söka efter mördaren.

Lethea vet inte om det, hon vet inte om att jag faktiskt har sett mördaren i ögonen.

Ingen förutom jag och de jag arbetade med vet om det. Det gjorde för ont att berätta för någon eftersom mördaren var den man som jag växt upp med, som jag såg upp till, som var min hjälte och idol.

Vi hittade honom snabbt, han hade inte hunnit långt innan jag och tre andra frivilliga hittade honom gråtande vid en brunn.

Jag kände igen mannen direkt, jag hade sett honom varje dag i femton års tid, innan han flyttade ut, arton år gammal.

Han hade varit en av de få människor jag kunnat lita på.

Han var min bror. Han var min storebror Eric.

Han erkände direkt att han mördat Jacob, han sa att gjort det för min skull.

Något förändrades hos mig den dagen, något som fick alla mina värderingar, alla mina minnen med honom att verka totalt meningslösa.

Alla vi fyra bara tittade på Eric, och vi alla hade ilska i våra blickar.

Den man som stod närmast mig, John, tog fram sitt vapen, riktade det mot Eric och tryckte av.

Eric föll bakåt och alla vi andra stod alldeles stilla innan vi vände oss mot John.

Mördaren är fortfarande på fri fot. Ingen vet var han är ännu, viskade John.

Jag och de andra två nickade bestämt.

Sedan hade John lyft kroppen och kastat ner den i brunnen fast först efter att jag fått säga adjö till Eric, även om jag hatade honom, så ville jag ändå ta farväl av honom .

Minnena blir för tunga, jag skakar på huvudet och vänder tillbaka mot slottet och till den tungt sovande Lethea.

Kapitel 3

Dagen efter Erics erkännande och död, så lämnade jag gruppen.

Jag klarade inte av att ljuga om det, jag var för svag för det.

Sedan återvände jag hem till min mor och berättade allt för henne, och vi svor en ed på att aldrig mer nämna min storebrors namn.

Några dagar senare skulle Jacobs begravning äga rum, och både min mor och jag följde den på vår teve.

Jag klarade knappt av att titta, det var så svårt nu när jag visste att min egen bror var anledningen till av Lethea mådde så dåligt.

Eric visste om att jag var förälskad i henne, och det var antagligen därför han dödade Jacob.

Han insåg inte att de skulle göra allt så mycket mer komplicerat, om Lethea fick reda på att min bror mördat hennes make, hon skulle aldrig mer vilja se mig.

Hon skulle hata mig för evigt.

Polisen fortsätter söka efter mördaren, utan att hitta några spår.

Ingen hade heller hittat kroppen, vilket gjorde mig någorlunda lugn.

Letheas oförändrade tillstånd började göra mig nervös. Riktigt nervös, detta var illa.

Snart skulle en regnbåge pryda Fhystels himmel, och vi skulle behöva kämpa för att få behålla våra liv. Det kändes overkligt. Och skrämmande.

Lethea var så obegripligt vacker, hennes hår som låg i svallande lockar var så vackert att jag nästan fick ont i ögonen av att titta på henne.

Jag började inse att jag aldrig skulle få träffa henne mer.

Hennes vackra röst skulle jag aldrig mer få höra, hennes ögon skulle aldrig mer titta på mig med den blicken, den blicken som var så full av lycka, den var borta.

Vi skulle aldrig kunna vinna kriget, inte nu, när hela Haquins folk var så fulla av oro och sorg över Letheas tillstånd. Vi var totalt tomma, vi skulle aldrig kunna fokusera på att överleva, inte så länge Lethea inte kunde vara med oss.

Jag mindes knappt hur man slogs, jag mindes knappt mina stridsstrategier.

Men jag skulle slåss, för Lethea, för att hon skulle ha ett någorlunda oskadat hem att vakna upp till,

för att hon skulle vara i säkerhet när hon vaknade, om vi slogs tillräckligt bra, så kanske vi i alla fall kunde skrämma dem, vi skulle definitivt inte överleva, men vi kanske kunde skrämma dem, så att de inte vågade göra uppror och försöka mörda Lethea igen, sedan när hon vaknat.

Jag hoppades att vi kanske kunde hinna ge dem en tankeställare, innan de dödade oss, och att våra ord kanske kunde sjunka in, och att de, efter striden, skulle tänka om, och inte göra det igen.

Om vi bara valde våra ord väl, och var tillräckligt många som kunde bevisa att det var en annan man som mördat Jacob, så kanske det skulle funka.

Jag visste att jag skulle behöva erkänna att min bror mördat honom, men jag hoppades att jag skulle slippa.

Jag ville så gärna ge Lethea en säker och bra framtid, även om den inte inkluerade mig, men jag skulle göra allt för att försöka röja undan alla hinder och faror som eventuellt kunde finnas för henne när hon vaknade upp.

Jag tittar ut över himmelen.

Jag står som paralyserad.

Ingenting kunde mäta sig med denna känsla, denna rädsla.

Alla mina minnen flimrade förbi.

Hur jag lekt i denna vackra stad, hur min mor och jag varje söndag gått till kyrkan.

Hur jag tränat bågskytte i skogen, som låg bara några meter från slottet.

Hur min far, min bror och jag tillsammans gått till hamnen för att köpa fisk, det hade vi gjort varje lördag morgon.

Och hur hela familjen gått till marknaden varje söndag, efter kyrkan.

Mina minnen under Letheas tid som drottning, hur jag sett henne och Jacob och hur mycket jag önskat att jag var i Jacobs skor.

Jag blundar, håller ögonen stängda länge, och öppnar dem igen.

Jag står utanför slottet, på trappan, och känner regndropparna droppa nerför min ryggrad, men jag vågar inte öppna ögonen, vågar inte titta, vågar inte se om solen fortfarande lyser.

Jag öppnar ögonen.

Solen lyser starkt, och regnet ökar mer och mer för varje minut.

Jag är i chock.

Jag ser hur en efter en av byborna kommer rusande mot slottet.

Nu vet jag iallafall att det inte är jag som inbillar mig.

Det regnar, det fullkomligt vräker ner, det har aldrig regnat så mycket här i Fhystel, aldrig någonsin.

Solen skiner, starkare än den någonsin gjort här i Fhystel, starkare än någonsin.

Och allt detta händer samtidigt.

Kapitel 4

Det står ett tiotal människor vid slottsgrinden nu.

Jag börjar gå mot grinden, jag bara går, jag är knappt medveten om vad jag gör, jag bara går.

Jag låser upp grinden, och släpper in folket, låser sedan grinden igen.

Tillsammans går vi mot slottet, vi är alla i chock, vet knappt vad vi gör.

Jag tänker bara på en enda sak, Lethea.

Jag försöker en sista gång, jag försöker väcka Lethea.

Jag försöker lönlöst med samma sak jag försökt nu i ett halvår.

Lethea! Vakna! Fhystel behöver dig!

Jag tittar stint på henne.

JAG behöver dig. Jag vill bara höra din röst, en sista gång, snälla. Låt mig bara få höra din röst en sista gång, innan kriget. Jag älskar dig.

Amanda kommer in i rummet, jag hör på hennes röst att det snart är dags.

Carlos, du bör nog komma ner snart, jag vet att det är svårt, men folket i hamnen har sett folk långt borta, vid gränsen till Gherak.

Hur vet ni det?

Vi har haft telefonkontakt med hamnarbetarna eftersom de arbetar närmast Gheraks gräns, och de ringde oss så fort de såg hur massor av människor kom närmare oss.

Jag lägger Letheas huvud mot min axel.

Jag ska förhindra dem från att kunna skada dig mer, ingen ska kunna skada dig när du vaknar upp, jag lovar dig. Du ska vara i total säkerhet.

Jag känner tårarna stiga i ögonen på mig.

Min bror, det var han som dödade Jacob, det var han som förstörde ditt liv. Men han är död nu, viskar jag. Jag viskar så tyst jag kan, så att Amanda inte ska höra.

Jag vänder mig mot Amanda.

Är de fler än vi?

Hon biter sig i läppen, och vänder bort blicken.

De är ett hundratal fler.

Jag drar efter andan, vi var ändå omkring sjuhundra stycken.

Är det bråttom?

Amanda drar en djup suck.

De rör sig fort, det var ungefär tjugo minuter sedan hamnarbetarna ringde.

Jag vänder mig mot Lethea igen, lyfter upp hennes huvud och kysser henne.

Jag lovar. Ingen kommer någonsin kunna skada dig.

Jag tittar på hennes slutna ögon länge.

Du är mitt livs kärlek, och kommer alltid vara. Ingenting kommer någonsin kunna ändra på det, det måste du tro på. Ingenting och ingen kommer någonsin kunna ersätta dig, vart jag än hamnar när jag dör. Du är och kommer alltid vara mitt allt.

Jag kysser henne igen.

Vill du gifta dig med mig?

Jag sänker blicken, sedan tittar jag på henne igen.

Jag ville bara få hinna ställa frågan, jag har så länge velat fråga.

Jag tar hennes ena hand i min, och kramar den hårt.

Du kom till Haquin som en vanlig tjej, som var förlovad med en blivande kung, och när du dör, så kommer du dö som en legend, som en stark, och underbar människa. Glöm aldrig det. Fhystels folk kommer att minnas dig som den mest fantastiska drottning de någonsin haft.

Jag sänker ner henne långsamt, och kysser henne en sista gång.

Jag reser mig upp och släpper hennes hand.

Sedan vänder jag min mot Amanda.

Jag är redo, jag är redo att slåss för Lethea.

Bra, det är vi alla.

Jag nickar, och drar ett djupt andetag.

Jag går fram till spegeln, och tittar mig djupt in i ögonen.

Skulle jag verkligen lyckas?

Skulle Lethea vakna upp till ett säkert liv som Fhystels drottning, eller skulle hennes liv sväva i fara?

Nu var jag redo. Redo att tillsammans med dem som jag växt upp med, som jag kände och betraktade som mina brödrar och systrar, tillsammans med dem, så skulle jag kämpa in i döden.

Jag går ner till andra våningen medan Amanda stannar kvar för att skydda och vakta Lethea.

Kapitel 5

Där nere ser jag hur alla de hundratals människor som bor i Haquin samlats.

Jag tittar ut över folkhavet och jag ser hur alla vänder blicken mot mig.

- Idag är dagen då allt kan hända. Idag är dagen då vi påbörjar en strid, en strid som de flesta av oss inte kommer att överleva. Men vi har ett budskap, något vi måste föra ut till Chiga och Imulds krigare, och hoppas på att de lyssnar och låter bli att göra om detta, sedan när Lethea vaknat. Och budskapet är att hon inte mördade sin make, utan att hon är oskyldig.

Mitt bland folkhavet ser jag John.

Han sänker blicken.

- De är snart här, men ni ska komma ihåg att Lethea alltid kommer vara med oss, och att vi alltid kommer att vara med henne. Hon är stolt över oss, det vet jag. Jag är iallafall stolt över henne, och oss. Hon klarade av något som de flesta skulle gått under av, hon förlorade sin mor, sin far, sin bror, sin make och slutligen även sitt barn. En vanlig människa skulle gått under av sorg och förtvivlan. Men Lethea är och var allt annat än vanlig, hon var speciell, unik och...

Jag avbryts av att dörren slås upp och en man kommer inrusande, med skräck i ögonen.

- De sköt mot mitt hus, jag var tvungen att fly, de kom från söder, de anföll allt i sin väg, husen är förstörda, de står på andra sidan kullen, den kullen som ligger precis framför slottet, de väntar på er.

Hans blick är så full av skräck och oro att det skär i mitt hjärta.

Amanda kommer ner, hon tittar med oro i blicken på mannen som står i dörren.

- Vi borde ge oss av, innan de förstör ännu mer, är ni redo? säger jag.

Jag ser att i stort sett alla nickar, och jag tar mitt gevär och sedan tar jag täten.

Alla hade blivit utrustade med varsitt gevär, annars skulle vi bli dödade direkt.

Vi går mot slottsgrinden, och jag känner hur mitt hjärta slår.

Amanda stannar kvar hos Lethea, så hon ska ha någon hos sig när hon vaknar.

Jag öppnar sakta grinden, och vi alla stannar upp för en stund.

Vi kan se kullen framför oss. Den ser obehaglig ut, nu när vi vet att det gömmer sig runt tusen människor bakom den.

Jag vänder mig mot de andra.

- Nu gäller det. Nu är det dags.

Vi alla tittar upp mot himlen. Vi ser en stor, färgstark och mäktig regnbåge. Hade det varit en annan dag så hade den varit vacker, men inte idag, idag är den bara hemsk.

Vi går med bestämda steg, vi nästan springer mot kullen.

Vi har våra gevär redo att användas. När vi kommer upp på kullen, så ser vi hur en gigantisk armé av människor bara står där, och väntar på oss.

De tittar på oss, men behåller sina gevär sänkta.

- Varför kom ni hit?

Min röst är ovanligt djup.

En av de som står längst fram höjer sitt gevär en aning, innan han svarar:

- Hon dödade vår konung.

- Hur kan ni ens tro nåt sånt? Ser ni inte hur hon lider?

- Kära du...Alla människor kan spela. Vissa bättre än andra. Jag känner igen när en person spelar, och när en person är äkta.

Jag spänner ögonen i mannen.

- Var är hon förresten? Stannade hon inne av rädsla att bli upptäckt? säger han.

- Hur kan ni tro något sådant om er drottning?

Mannen skrattar till.

- Tja, med tanke på att hon hade en förbannelse över sig, och att både hennes familj och Ethan dödades, efter att hon kommit till Haquin...

- Ethan mördade hennes familj, och slutligen sig själv.

- Har du fått detta bekräftat av någon som inte tillhör konungafamiljen?

- Nej, men de skulle aldrig ljuga om det, dessutom så dog de medan hon och Jacob var iväg på sin smekmånad.

Jag känner hur nervositeten blir värre och värre.

- Om Ethan verkligen hatade Letheas far och bror så mycket att han ville döda dem, varför gjorde inte han det innan? Samma sak när det gäller Jacob. Det är på grund av henne som Jacob, Ethan och hennes familj är döda.

- Hur kan ni tro det?

- Allting hände efter hon kommit till Haquin, efter att hon gift sig med Jacob.

Mannen vänder sig mot en kvinna som står bredvid honom.

- Var det inte så jag sa älskling? När vi såg på deras bröllop? Att hon och hennes förbannelse skulle orsaka problem och skada?

Han skrattar till och vänder sig sedan mot mig igen.

En man som nu ställt sig bredvid mig höjer sitt gevär och siktar på kvinnan bredvid honom, och avlossar ett skott.

Kvinnan faller ner till marken, och mannen ger ifrån sig ett vrål.

Det känns som om allt stannar upp en stund, sedan bryter helvetet löst.

Kapitel 6

UR LETHEAS PERSPEKTIV:

Jag öppnar ögonen, och ser först ingenting, sen börjar jag kunna urskilja en del.

Allt känns så overkligt.

Jag minns att Carlos fångat mig i sina armar, men var är han nu?

Amanda sitter bredvid mig, hon skiner upp när hon ser mig, hon skrattar till.

- Lethea! Du är vaken!

Jag ler mot henne.

- Har jag sovit?

Hon nickar.

- Din förbannelse försvann aldrig, och den försatte dig i en komaliknande sömn. Du var borta i ett halvår ungefär.

Jag nickar långsamt.

- Var är Carlos? frågar jag

Hennes leende bleknar.

Så tittar jag ut genom fönstret och ser hur en stor, färgstark och otroligt mäktig regnbåge pryder himlen.

Jag drar efter andan.

Sedan händer allting väldigt fort.

Jag kastar mig upp ur sängen, och märker att jag bär min bröllopsklänning. Jag gissar på att Amanda klätt mig, men jag har inte tid att fråga.

Jag kastar mig på dörren och rusar nerför trappan, trots att Amanda kallar tillbaka mig.

Det är först när hon greppar tag om min axel som jag stannar upp.

- Om du går ut dit så kommer de döda dig också, du måste stanna, inte minst för att föra minnena vidare.

Jag tar ett djupt andetag.

- Jag har hört dem, de sköt i över två timmar, det finns inget kvar att rädda. Hela staden är i spillror, det enda som finns kvar är rök, aska och ruiner av det som en gång var vår vackra huvudstad.

Jag vägrar tro henne.

- Carlos lever, jag vet det.

Sedan öppnar jag ytterdörren och springer så fort jag kan mot kullen, som gömmer sig i ett hav av rök.

Jag ser bara rök först, jag ser inga människor alls.

Men när rökdimman lättat, så ser jag att det ligger ungefär tusen människor på marken, till synes livlösa.

- Carlos!

Jag hör själv att min röst knappt håller.

- Carlos!

Jag ser hur en man vänder på sig, samtidigt son han försöker vinka. Jag rusar fram till honom, och tittar på honom.

- Carlos, mumlar jag,

Han slår upp ögonen.

- Lethea, du är tillbaka.

Han grymtar till, och kniper ihop ögonen.

- Vad har de gjort med er?

Han hostar till.

- De sa att det var på grund av dig som Ethan, Jacob och din familj var döda. Sedan avlossade en man från vår armé ett skott mot dem, och sen bröt allt ut.

Jag tar tag i hans hand och drar upp honom i sittande ställning.

- Jag lämnar dig inte, jag överger dig inte.

Han tar ett djupt andetag.

Jag ser hur hela hans kropp slappnar av.

Carlos, nej. Carlos. Lämna mig inte.

Jag ser att han har blivit träffad av en kula i benet.

Jag river av en bit tyg från min bröllopsklänning, och virar det runt hans ben.

Han är för skadad för att kunna flyttas, men jag vågar inte lämna honom för att hämta Amanda.

Plötsligt kastas ett starkt strålkastarljus på oss, och jag vänder mig om.

Jag ser hur en stor spotlight har riktats mot oss, och hur en kameraman kommer närmare oss med sin kamera i högsta hugg.

- Lethea, mumlar Carlos.

Jag vänder mig mot honom.

- När Jacob dött så anslöt jag mig till de grupperna som sökte efter hans mördare, jag och min grupp hittade mördaren efter ett tag.

Jag tittar på Carlos.

- Åh..

- En kille i min grupp sköt honom, sedan dumpade vi kroppen i brunnen. Jag slutade i gruppen dagen efter.

Jag sväljer hårt. Detta var för mycket att ta in. Speciellt just nu.

- Lethea, det är inte allt. Den man som mördare Jacob, det var min bror.

Jag sitter tyst vid hans sida och tittar på honom.

- Jag ville att du skulle veta, så du nu kan finna frid i att veta vem som mördade din make. Jag är så ledsen. Det är mitt fel att denna strid bröt ut, hade Chiga och Imulds folk vetat om vem mördaren var, och om min grupp hade låtit honom leva, då hade detta aldrig hänt.

Jag tittar på Carlos.

- Lethea, jag älskar dig.

Jag tittar på honom och ser hur han sluter ögonen.

Sedan faller han ur mina armar, ner på marken.

Carlos! Nej! Nej! Nej! Nej!

Kapitel 7

Jag lyfter upp Carlos ansikte och kysser honom.

Sedan vänder jag mig om och tittar mot kameramannen, som nu bara står någon meter ifrån oss.

Han ser ut att vara i chock.

- Hörde du honom?

Han nickar. Han stänger av kameran.

Jag drar en djup suck.

- Har Chiga och Imulds folk gett sig av?

Han nickar.

- De gav sig av så fort alla låg ner på marken, till synes livlösa.

- Carlos, mumlar jag.

Jag tittar på honom.

- Du får inte vara död.

Jag känner hur tårarna stiger i mina ögon.

Jag tar tag i hans hand igen.

Jag lägger min andra hand mot hans bröst, på hans vänstra sida, där hjärtat sitter.

- Carlos, jag älskar dig.

Jag känner att hans hjärta fortfarande slår.

Kameramannen ställer sig bredvid mig.

- Jag är ledsen att jag kom hit, det var respektlöst.

- Det är okej, men jag behöver din hjälp, Carlos är svårt skadad, kan du springa till slottet och hämta Amanda, vi behöver hjälp, det kan finnas fler som är skadade.

Jag reser mig upp och går omkring bland människorna som ligger livlösa på marken.

- Finns det någon som hör mig?

Ingen varken svarar eller rör på sig.

- Någon?

När kameramannen kommer tillbaka, så är jag i ett sådant panikslaget tillstånd att jag nästan faller ihop.

Alla andra människor som kämpat tillsammans med Carlos är döda.

Jag rusar fram till kameramannen.

- Du måste lova mig en sak! Du måste sända det du filmade, så Chiga och Imulds folk får höra det som Carlos sa.

Mannen tittar på mig och försöker lugna mig.

- Jag lovar.

Amanda går fram till Carlos, och tittar på honom.

- Han behöver akut vård.

Kameramannen biter sig i läppen.

- Haquins sjukhus är förstört, allt utom slottet är helt förstört.

- Närmaste sjukhus ligger i Gherak, en mil härifrån.

Jag känner mig svimfärdig.

- Amanda, står det inte en bil i garaget vid slottet?

Hon nickar.

Kameramannen och Amanda lyfter tillsammans Carlos och vi går alla mot slottet.

Jag hade aldrig ens sett bilen, men den var stor och väldigt påkostad.

Kameramannen, vars namn var Peter, lägger Carlos i baksätet, och jag sätter mig bredvid honom.

Peter och Amanda sätter sig där framme och Peter kör ut från garaget.

- Hur lång tid kommer det att ta?

- Runt en halvtimme.

Jag känner efter om Carlos hjärta slår. Det gör det, men han är fortfarande medvetslös.

Kapitel 8

Det var ett ganska litet sjukhus, bara fyra salar, men det skulle förhoppningsvis räcka för att rädda Carlos. Vi rusar in på sjukhuset och allt går extremt fort.

Carlos läggs in i ett rum och en läkare kommer in i rummet efter bara en kvart.

Jag hyperventilerar, men försöker hålla mig lugn. Jag tar tag i Carlos hand och kramar den hårt.

- Du kommer att klara detta, det vet jag.

Jag var både tacksam och lättad över att Chiga och Imulds krigare endast attackerad Haquin, och låtit Gherak vara ifred. Hade Gherak också blivit förstört, då hade Carlos definitivt inte klarat sig.

Läkaren ser mycket förbryllad ut.

Tankarna far genom mitt huvud. Varför vaknade han inte?

Läkaren lämnar rummet för en stund, och jag tittar tomt framför mig.

Jag sätter mig ner på en stol, men fortsätta hålla Carlos hand.

Läkaren kommer in i rummet igen, denna gången har han med sig en annan läkare.

De båda tittar på hans skada och jag kan känna mitt hjärta slå.

- Vi måste byta sal, och ni måste tyvärr vänta här utanför, vi måste operera, säger en av läkarna, och jag, Amanda och Peter lämnar rummet.

Jag sätter mig ner, och försöker vara lugn, men det går inte. Jag ser hur de kör iväg med Carlos. Han ser så svag ut där han ligger ner i sjukhussängen. De försvinner runt hörnet med honom och jag brister ut i panik.

Han är så vacker, även om han är död. Det gör ont i mig att se honom, för jag vet att han är död, att han aldrig kommer komma tillbaka till mig.

Läkarna gjorde allt de kunde, de försökte rädda hans liv, men han klarade inte av operationen som de var tvungna att göra för att försöka rädda hans ben, och hans liv.

Han var för svag. Min älskade Carlos.

Jag förstod först nu hur ensam jag egentligen var, hela min familj var utplånad, jag hade förlorat både Jacob och Carlos. Och mitt barn, mitt barn som inte ens fick se dagens ljus.

Och så Haquin, den stad som en gång varit så vacker.

Jag trodde att mina tårar var slut, men det kommer nya hela tiden.

Min älskade Carlos.

Jag tar hans hand i min, för första gången sedan han dog. Och hans hand är iskall.

Tårarna faller ner på hans hand.

Jag vaknar med ett ryck.

Det första jag ser när jag vaknar är läkarna som tagit hand om Carlos. De ser lättade ut, vilket känns bra med tanke på min dröm. Den hade känts så verklig, så äkta.

Läkarna tittar på mig, och jag försöker samla mig innan jag frågar:

Hur mår Carlos?

Han sover nu, men han klarade operationen bra. Han kommer klara sig. Det är ett mirakel att vi lyckades rädda honom, han höll på att förblöda, dessutom så var hans mentala tillstånd mycket kritiskt, men han är så gott som utom fara nu.

Jag kastar mig om halsen på läkarna.

Åh, tack!

Peter och Amanda vaknar till nu också, och när de ser och hör min reaktion så blir de lika lugna.

Den ena läkaren tittar mig djupt in i ögonen.

Jag beklagar det som hänt med Haquin.

Jag nickar.

Ja, jag är orolig över att det ska hända igen.

Jag förstår, och jag är så ledsen över att Gherak inte kunde skydda er bättre.

Ni gjorde vad ni kunde.

Han nickar.

Ja, men ibland så räcker inte det.

Jag ler svagt.

När kan jag få träffa Carlos?

Nu.

Kapitel 9

När jag såg Carlos så kastade jag mig om hans hals.

Jag känner hur tårarna stiger i ögonen igen.

Carlos, jag trodde nästan att..åh, herregud.

Sh, jag vet älskade, jag vet. Allt är okej nu, jag kommer aldrig mer att lämna dig, aldrig, inte ens för en sekund.

Jag hulkar och snyftar och hans stryker mig över ryggen.

Jag älskar dig så, Carlos. Jag älskar dig,

Jag älskar dig med. Så otroligt mycket.

Nu, fem dagar efteråt, så ser Haquin mycket mindre läskigt ut, det ser nästan vackert ut nu.

Men så kommer jag att tänka på att nästan alla människor som bott här är döda.

Kvar var bara jag, Amanda, Carlos, Peter och de få som bor i utkanterna av Haquin.

Peter behövde aldrig sända klippet där Carlos berättade vem som dödat Jacob, för bara några dagar efter att vi alla kommit hem igen så fick jag en massa brev, ett från varje stad i hela Fhystel, utom från Chiga eller Imuld.

I breven från alla städerna så stod det att de litade på oss, och inte på Chiga eller Imuld, och att de skulle försvara oss bättre om Chiga eller Imuld planerade något liknande igen, men att de varit för rädda och fega innan. De städerna som gränsar till Chiga eller Imuld skrev också att de skulle skaffa extra bevakning vid gränserna, för att ytterligare förhindra eventuella attacker mot Haquin, eller någon annan stad.

Varje brev hade signerats med borgmästarens signatur.

Jag blev rörd när jag läste dem, jag kände mig trygg igen.

Carlos stoppar en hårslinga bakom mitt öra. Vi sitter på kullen och tittar ut över det som nu började återgå till en normal stad.

Vi hade fått bidrag från många städer, och många hade rest hit för att hjälpa oss att bygga upp staden igen, vissa hade till och med flyttat hit, bara för att visa att de brydde sig, och ville hjälpa till att återuppbygga staden.

Kyrkan var snart klar, och flera hus var redan klara att flytta in i.

Jag vänder blicken mot Carlos.

Hur lyckades du klara dig så bra? Nästan alla i hela Haquin dog, hur lyckades du skydda dig så bra?

Carlos flinar.

Det är min hemlighet.

Jag boxar till honom på armen.

Han ler, och kysser mig. Jag besvarar kyssen och slår armarna om hans hals.

Plötsligt slutar han, och tittar mig djupt in i ögonen.

Han vänder sig om, och tar fram något ur byxfickan. Sedan vänder han sig mot mig och öppnar en ask, med öppningen mot mig så att jag kan se innehållet, sedan tar han tag i min ena hand.

Våra fingrar flätas samman.

Lethea, mitt livs stora kärlek, vill du göra mig den obegripligt stora äran att gifta dig med mig?

Jag ler brett. Alla våra minnen tillsammans flimrar förbi.

Första mötet, vid scenen när han lovade att skydda mig i striden. Våra träningar inför striden.

Ängen där han kysst mig första gången.

Hans berättelse om hur han varit förälskad i mig sedan jag kom till Haquin.

Hur han velat vara i Jacobs skor, hur han tänkt på mig.

Hur sorgsen han blivit när Jacob dött, för att då var jag i sorg. Han led med mig.

Hur uppgiven och krossad han måste känt sig på mitt och Jacobs bröllop.

Men nu var det Carlos tid.

Ja.

Carlos brister ut i ett brett flin och trär på en ring på mitt finger.

Ringen gnistrar i solen sken.

Han reser sig upp och sträcker sedan ut handen mot mig. Han drar mig upp på mina fötter.

Jag vänder mig mot människorna som står nedanför kullen och ropar högt och tydligt:

Ja, jag gifter mig gärna med dig, Carlos!

De tittar upp mot oss och börjar applådera.

Carlos kysser mig och drar mig intill sig. Jag lägger händerna runt hans hals.

Han kysser mig igen, och jag besvarar hans kyss.

Under de två åren som gått sedan jag kom till Haquin så hade jag växt som människa, jag hade blivit starkare, och jag visste nu att jag kunde klara nästan vad som helst.

Jag visste inte säkert om min förbannelse var borta för alltid nu, men Amanda var mitt uppe i efterforskningar om min förbannelse, så snart skulle vi har svar. Och vad svaret än var, så visste jag att jag skulle klara mig. Jag hade styrkan.

Styrkan att klara allt.

Styrkan att skydda de jag älskar, styrkan att styra ett land, men framför allt så hade jag styrkan att skydda mig själv.

Och när jag tittade in i Carlos ögon så såg jag styrka, mod och kärlek.

Han älskade mig, mer än något annat i hela världen. Och jag älskade honom. Lika mycket. Minst.

Om detta hade hänt för ett år sedan, så hade jag varit livrädd. Livrädd att allt detta bara skulle vara en dröm. Men nu vet jag, allt som hänt med mina föräldrar, min bror, Jacob, Ethan, mitt barn och Haquins folk, det var sant, det var ingen dröm.

Carlos var heller ingen dröm, och jag gissar på att vetskapen om att Carlos var riktig, och inte bara en dröm, att det var det som fick mig att släppa paniken och den hejdlösa sorgen.

Jag sörjde fortfarande, men inte lika hejdlöst och panikslaget som förr.

En ny huvudstad skulle byggas, och Fhystel skulle få ett nytt konungapar.

Och just i detta ögonblicket, så var jag allt annat än iskall.